KB078740

택시 안에서

택시 안에서

택시 안에서

초판 1쇄 발행 2023년 3월 1일

택시 안에서

ⓒ 김병균, 2023

초판 1쇄 발행 2023년 3월 1일

택시 안에서

ⓒ 김병균, 2023

초판 1쇄 발행 2023년 3월 1일

택시 안에서

초판 1쇄 발행 2023년 3월 1일

지은이 김병균

펴낸이 이기봉

편집 좋은땅 편집팀

펴낸곳 도서출판 좋은땅

주소 서울특별시 마포구 양화로12길 26 지월드빌딩 (서교동 395-7)

전화 02)374-8616~7

팩스 02)374-8614

이메일 gworldbook@naver.com

홈페이지 www.g-world.co.kr

ISBN 979-11-388-1667-0 (03810)

- 가격은 뒤표지에 있습니다.
- 이 책은 저작권법에 의하여 보호를 받는 저작물이므로 무단 전재와 복제를 금합니다.
- 파본은 구입하신 서점에서 교환해 드립니다.

손님의 행복(幸福)을,
때로는 손님의 슬픔까지도
나르는 아빠의 핸들

택시 안에서

김병균 지음

흔히, 택시란 업(業)을 말할 때
인생의 마지막 직업이라 한다.

그만큼 사업 실패, 실업과 퇴직으로 인해
삶의 어깨가 무거운 사람들이 찾는 곳이기 때문일 것이다.

좋은땅

머리말

물은 산골짜기를 돌고 돌아 시냇물을 만들고 강물이 되어 바다에 이른다. 하지만 바다는 끝이 아니다. 바다는 모든 생명(生命)의 근원(根源)이며 새로운 출발의 모태(母胎)이다.

흔히, 택시란 업(業)을 말할 때 인생의 마지막 직업이라 한다. 그만큼 사업 실패, 실업과 퇴직으로 인해 삶의 어깨가 무거운 사람들이 찾는 곳이기 때문일 것이다.

그래서 현장에서는 그곳을 '바닥판'이라고 말하기도 한다. 그러나 그곳은 바닥이 아닌 바다였다. 좌절(挫折)과 후회(後悔)의 기억(記憶)들을 넓디넓은 바다에 모두 씻어 내고 작은 희망을 안고 새로운 출발을 할 수 있는 바다. 그래서 필자는 그곳을 '바다판'이라 부르고 있다.

어떤 날은 손님의 행복(幸福)을, 때로는 손님의 슬픔까지도 나르는 아빠의 핸들에서 아이들은 꿈을 키워 간다.

수년의 택시 경험을 바탕으로 따뜻한 이야기들과 싱싱한 노하우들을 모아 생의 두 번째 이야기『택시 안에서』를 내놓는다.

고대 수렵(狩獵)시기 가장(家長)들은 사냥을 많이 해야 대접을 받았듯 남자는 양손을 주머니에 넣고서는 활기찬 저녁을 맞이할 수 없는 법이다.

직업에 귀천(貴賤)은 없다지만, 일의 호선(好選)은 있을 수 있다. 어떤 일을 하건 남자는 성공의 사다리에 오르기 위해서 떠오르는 태양과 함께 집 밖으로 나가야 한다.

작고 소박한 이야기지만 각자의 자리에서 최선을 다해 살아가는 이들에게 마중물이 되고 대통물이 되어 삶에 희망의 노래가 되길 바라며….

2023년 1월 1일
글쓴이 무성산(茂盛山) 김병균(金炳均)

목 차

머리말 ··· 4

택시를 시작하며 ··· 9

택시의 유래 ··· 17

법인택시와 개인택시 ··· 23

법인택시 ··· 24

개인택시 ··· 28

택시 안에서 ··· 37

첫 출근, 월요일 ··· 38

그리고 일주일 ··· 43

출근길 합승 ··· 45

택시의 꽃은 밤이다 ··· 47

1시간 4만 원 ··· 50

손님 구분하기 ··· 52

꽤씸죄 ··· 54

장거리 손님과 기본요금 손님 ··· 56

토끼몰이와 밀어내기 ··· 58

정선 카지노 그리고 충전소 ··· 63

요금 냈다고 우겨 대는 손님 … 66

물어물어 찾아갔건만 … 69

경서동 아이 엄마 … 72

퍽치기 … 75

골목길 아이들 … 77

사고 그러나 사고 아님 … 80

쾅 그리고 10만 원 입금 … 83

산동네 할머니 … 87

연하남과 결혼 고민하는 손님 … 89

택시 안은 유세장 … 94

손님의 권리 … 98

경마장 택시기사 … 103

건널목에서 … 106

택시 복장 … 109

끝 신호와 첫 신호 … 113

차 고장과 사고 발생 시 … 117

음주 제로 … 123

운동 및 건강관리 … 129

택시 준공영제 … 133

갈무리 … 138

택시를 시작하며

혹자(或者)는 '하다 안 되면 택시나 하지'라는 말을 자주 하곤 한다. 그러나 하루 열두 시간, 열일곱 시간 좁은 공간에 앉아 손님을 찾아 몰입하며 운전을 한다는 것은 결코 호락호락(忽弱忽弱)하거나 만만한 일은 아니다.

백사십삼 미터를 달릴 때마다 백 원씩 오르는 택시미터기 소리도 아침과 저녁이 다르고 일 년 차보다 십 년 차에게 작게 들리는 것은 그만큼 혼(魂)도 진(津)도 빠지게 하는 고된 노동이기 때문이다. 그렇기에 택시를 처음 시작하는 이에게는 남다른 마음가짐과 강인한 체력이 뒷받침되어야 한다.

하루 열두 시간 일하다 보면 30~40명의 손님이 타고 내리곤 한다. 이 손님들을 상대하려면 무엇보다 다양한 사람들과 섞이고 어울려 대화를 해낼 수 있는 '언어기술사'의 자질뿐만 아니라 다양한 상식(常識)과 지혜(智慧)들이 있어야 할 때도 종종 있다.

물론, 말없이 조용히 가기를 원하는 손님에게 먼저 말을 걸 필요는 없다. 그래도 손님의 목적지를 향해 장시간 동승(同乘)

하다 보면 뜻하지 않게 손님과 많은 이야기가 오가게 되는 곳이 바로 택시 안이다. 때로는 정치 이야기를 나누다 지지하는 정당과 정파가 다르다고 언쟁을 벌이는 기사들도 계시지만 손님 편에서 넘어가 드리는 것도 지혜일 것이다.

더 나아가 그곳은 정치를 넘어 경제, 사회, 역사, 문화 심지어 야한 농담까지 오고 가는 흥미진진(興味津津)한 심야 토론방이 되기도 한다. 그래서 필자는 택시를 '움직이는 동네 사랑방'이라 부르고 있다.

다음으로 요구되는 것은 편안하고 부드럽게 넘어가는 운전 실력이다. 교차로 통과와 차선 변경 그리고 신호 대기와 정차 시에 제동하는 데 있어 동승자에게 불편함을 준다거나 수년의 운전에도 잦은 사고의 경험을 가진 분들은 군이 택시 운전은 피하는 것이 좋다.

평소 '네 차를 타면 편안하게 잠을 자게 되는 것 같아'라는 말을 주위 사람들에게서 자주 듣곤 했다면 그분에게는 택시를 권해 드리고 싶은 것이다.

학창 시절 어른들에게 귀가 따가울 정도로 듣던 말이 있다. 공부 열심히 안 하면 더울 때 더운 데서 일하고 추울 때 추운 데서 일하게 된다는 말이다. 살아 보니 틀린 말은 아닌 듯하다. 무더운 여름 햇볕 내리쬐는 공사현장에서 노동의 경험이 있는 독자라면 그 말에 공감할 것이다.

반면 택시는 에어컨과 히터 시설이 잘돼 있어 더울 때 시원한 곳에서 일하고 추울 때 따뜻한 곳에서 앉아 일할 수 있는 직업이다. 건설현장의 노가다와 다르게 비가 와도 눈이 와도 할 수 있는 일이다. 몸이 좀 불편하신 분들도 할 수 있는 일임에 틀림은 없다.

하지만, 앉아 일한다 해서 사무직도 공무원도 아니다. 움직이는 자동차에서 하루에 300~400km를 달려야 하는 고위험군 직업이다. 때로는 다른 택시와 서로 손님을 모시기 위해 경쟁까지 해야 하는 치열함의 연속이고 그러한 것들을 이겨 내야만 생존(生存)할 수 있는 곳이 택시란 업이다. 그것들을 견뎌 내지 못해 입사 3개월도 안 돼 잦은 사고와 손님과 싸우거나 불화(不和)로 부득이 퇴사하고 마는 사람들이 부지기수인 곳이 택시란 바다판이다.

예로부터 '돈을 쫓아다니지 말고 돈이 나를 쫓게 만들어야 한다'라는 말이 있듯, 택시미터기에 달리는 말의 속도를 높여 돈을 쫓아다니는 조바심을 부리다 보면 꿈도 멀리 달아나 버리게 된다. 운전과 손님 응대에 있어 여유로움을 잊지 말아야 한다. 택시는 자가용이 아니다. 사실 자가용처럼 여유롭게 운전한다는 것은 가능하지도 가능해서도 안 되는 것이 택시의 현실이다.

그래도 택시를 처음 시작하는 기사님들께서는 마음과 가슴 만큼은 여유로움으로 가득 채우고 엑셀에 발을 올리기 바란다. 택시 핸들을 잡고 3개월을 버텨 내고 1년이 지나 3~5년 차에 들어섰다면 택시가 본인의 적성(適性)에 어느 정도 맞다고 볼 수 있다. 10년, 20년 그 이상을 해냈다면 인생 성공, 삶의 이치(理致)를 깨달은 택시 달인(達人)의 반열(班列)에 올려 드려도 될 것이다.

택시운수업에 첫발을 내딛으려는 이에게 하나 더 덧붙이자면 택시운수업에 대한 '소명감(召命感)'을 가져야 한다는 것이다. 택시를 운수업이라 하는 데는 두 가지 의미를 내포하고 있다. 한 가지는 손님을 모시고 목적지까지 운전하는 것을 일컫는 운수업(運輸業)이며, 또 다른 하나는 하루 돈벌이만큼은 그날의 운수(運數)에 달렸다 해서 운수업(運數業)이라고 한다. 전자이든 후자이든 택시운수업에 종사함에 있어 손님의 욕구(欲求)를 충족(充足)시키고자 하는 소명의식(召命意識)을 가져야 한다는 것이다.

택시를 타는 사람들은 나름의 강한 필요 욕구가 있는 분들이다. 평소 출근과 등교 시에 버스나 지하철을 이용하지만 모처럼 늦잠을 잦다거나, 늦어지는 약속 때문에 아등바등 발버둥 치다 지나가는 택시에 손을 드는 사람, 갑자기 내리는 눈비에 놀라 택시를 부르는 사람, 지하철도 버스도 끊기고 택시란 교통수단밖에 없는 심야시간에 술이 얼큰해 귀가하려는 사람, 택시를 타고 유유자적(悠有自適) 휴식을 찾으려는 사람 등 나름의 요구사항들이 상상(想像)을 초월하게 많은 곳이 택시란 바다판의 일들이다.

그 수요와 욕구에 충족을 주고자 할 때, '얼렁뚱땅 대충대충 운전만 하면 되겠지' 하는 안이한 생각으로 접근을 했다가 절대로 살아남을 수 없는 곳이 택시란 업이다.

　그만큼 공부하고 준비해야 하며 투철한 직업관(職業觀)으로 무장(武裝)해야 함을 명심하고 택시의 문을 두드리길 당부한다.

택시의 유래

택시(TAXI)는 세금을 의미하는 택스(TAX)를 모태로 '세금을 내다'라는 의미의 탁사(TAXA)라는 말에서 파생된 것으로 전해진다. 한편 영미권에서는 택시를 캡(CAB)이라 부르기도 하는데, 이는 마차가 이끄는 수레의 포장 캡(CAB)에서 비롯되었다.

택시의 기원 또한 마차(馬車)로 거슬러 올라간다. 자동차가 없던 시절 일정한 비용을 내고 목적지까지 가는 마차의 운송 영업이 있었다. 인력거(人力車) 문화도 한 예일 것이다.

아울러 마차를 이끄는 말의 숫자에 따라 일반 마차와 고급 마차로 구분되었다. 그러니까 마력(馬力)에 따라 요금이 달랐던 셈인데, 오늘날 고급 택시 기본 조건 중 하나가 엔진 배기량임을 고려할 때 무척 흥미로운 이야기가 아닐 수 없다. 그리고 자동차가 등장하면서 마차는 자동차로 영업하는 택시에 자리를 내주게 되었다.

한편, 택시의 첫 등장에 대해서는 의견들이 분분한데, 일반적으로 1896년 미국에서 영업 택시가 등장한 것을 최초로 인정하는 분위기다. 당시 뉴욕의 아메리카 전기자동차가 판매 확대를 위해 200여 대를 택시로 운영했는데 그 반응은 엄청났 다고 한다. 마차에 의지하던 사람들에게 전기차는 조용하고 편한 이동 수단으로 그 인기도 으뜸이었다.

· 비슷한 시기 독일에서는 휘발유 엔진을 장착한 택시가 등장 하는데, 1898년 슈가트르트 지방에서 다임러가 만든 승용차를 이용하여 영업을 시작하였다. 내연기관인 까닭에 시끄럽고 매 연 냄새가 심했어도 부자들의 전유물인 자동차를 누구나 탈 수 있다는 점에서 중산층으로부터 인기가 엄청났다고 전해진다.

영국에서는 다른 나라들보다 앞서 1905년 택시에 미터기를 전면 도입하면서 요금을 두고 벌어지는 사소한 다툼에서 완전 히 벗어나면서 런던 신사들에게 인기를 끌었다. 품위를 중요 하게 여기는 영국인답게 승차할 때 허리를 굽히지 않으며, 실 내에서 모자까지 쓸 수 있게 캐빈룸 높이를 키운 영국만의 검 은 택시 블랙캡(Black Cab)이 탄생하게 된다.

우리나라 최초의 택시는 1912년 이봉래라는 서울의 한 부자가 일본인 2명과 함께 '포드T형' 승용차 두 대를 도입해 시간제로 임대 영업을 시작한 것이 시초이다. 최초의 택시회사는 1919년 노무라 겐조가 세운 '경성택시회사'이며, 한국인이 세운 최초의 택시회사는 1921년 조봉승이 세운 '종로택시회사'로 전해지고 있다. 이때는 택시미터기가 없었고 시간당 비용이 6원, 서울 시내를 한 바퀴 도는 데 3원을 받았다고 한다. 당시 쌀 한 가마니의 가격이 6원이었다고 하니 얼마나 큰 금액이었는지 짐작이 갈 것이다. 처음으로 택시미터기를 달고 영업을 한 곳은 1926년 '아사히택시회사'였다.

1950년대에는 미군의 지프차를 개조해 만든 시발자동차가 영업용 택시로 운용되었으며, '시발택시'의 인기로 시발자동차가 없어 못 파는 지경이었다 한다. 본격적인 승용차 택시운송업이 시작된 것은 1962년 인천 부평에 새나라 자동차 공장이 가동되면서이다. 1967년부터 개인택시가 보급되고, 1972년 김포공항을 이용하는 공항 택시, 1979년에는 서울 지역에 호출택시가 등장해 고급택시로서 외국 관광객 수송에 이바지했다.

이 시기 택시기사라는 직업은 은행원이나 공기업 직원에 버금가는 인기(人氣)와 수입(收入)을 누렸다고 한다. 법인택시 회사에 들어가기 위해 웃돈까지 주어야 할 정도였고, 신랑감으로도 인기였다고 하니 개인택시의 인기는 그 이상이었을 것이 분명하다.

서울올림픽 개최에 즈음하여 중형택시 제도가 도입되었으며, 1978년부터 LPG를 연료로 하는 택시가 운행되기 시작하여 오늘날에는 하이브리드는 물론 전기차와 SUV까지 택시로 운행되고 있다. 2005년에 인천광역시에서 최초로 카드 택시가 도입되어 현재 전국으로 확대되어 현금이 없어도 택시 비용을 카드로 결제할 수 있는 편리함을 누리고 있다. 2022년 현재 택시의 카드 결제 비율은 거의 100%에 이르고 있으며, 따라서 기사 분들이 거스름돈을 준비해야 하는 수고를 덜어 주고 있는 효자(孝子) 역을 하고 있는 실정이다.

이제 택시는 과거의 단순 이동 개념에서 벗어나 '승차 경험'을 제공하는 종합서비스업으로 바뀌어 가고 있다. 그에 발맞추어 복장과 언변, 친절까지도 세밀하게 연구하고 준비해야만 도태되지 않게 될 것이다.

법인택시와 개인택시

│ 법인택시

흔히 회사택시 또는 영업용 택시라 표현들 하지만 법인(法人)택시가 올바른 표현이다. 개인택시와 달리 차량 구매, 정비, 사고 발생의 경우 보험 처리까지 회사에서 모두 책임을 진다.

그러면 법인택시 운전을 처음 시작하기 위해 어떠한 것들을 준비해야 하는지 알아보기로 하자.

1) 운전적성정밀검사

사업용 자동차를 운전하기 위해서는 운전 적성에 대한 정밀검사를 받아 통과되어야 한다.

한국교통안전공단(Tel. 1577-0990)에서 관리하며 각 도와 광역시에 17개 지사를 두고 있으며 통상 1일 2회, 약 3~4시간 소요된다.

2) 택시운전자격시험

　1종과 2종 보통면허 이상 소지자로 만 20세 이상이며 운전
경력이 1년 이상이어야 시험에 응시할 수 있다. 시험은 한국교
통안전공단에서 주관하고 있다. 필기시험은 100점 만점에 60
점을 넘으면 합격한다.

　시험 과목은 도로교통법, 여객자동차운수사업법, 안전운행,
응급처치법, 운송서비스(영어/일어 : 4~7문제), LPG자동차 안
전관리, 해당 지역 지리 등이다. 난이도는 운전면허 시험과 비
슷하나 지리 문제에서 어려움을 호소하는 사람들을 왕왕 볼
수 있다.

　한 예로 '인천 서구에서 인천국제공항을 가려고 할 때 어느
IC를 이용하는 것이 가장 빠른 길일까?'라는 질문의 경우 평
소 무심코 지나쳤다면 난관에 부닥칠 수도 있는 문제이다. 물
론 모두 객관식으로 출제되나 답은 '북인천IC'가 맞다. 그래서
인지 운전면허시험보다 합격률이 낮다는 것을 명심하기 바란
다. 과거 운전면허시험 성적과 운전 경력만 믿고 만용을 부리

다 아무 준비 없이 시험장에 갔을 경우 반복되어 들어가는 인지대에 낭패 보지 말기를 당부한다.

3) 신규 채용자 교육

택시운전자격을 취득한 후 교통연수원(전국 12개소)에서 주관하는 관계 법령 및 서비스 등에 관련한 교육을 16시간 이수해야 한다.

4) 운수 종사자 취업

위의 서류들이 모두 준비되었다면 지인에게 소개를 받거나 집에서 가까운 택시회사를 찾아 상담을 받으면 된다.

일반적으로 법인택시는 주간과 야간 조로 나누어 12시간씩 일을 한다. 근무 교대는 지역과 회사에 따라 조금씩 다르기는 하지만 새벽 4~5시와 오후 4~5시에 이루어진다. 교대 전 20분 정도 할애해 차량 청소 후 다음 일하는 짝꿍에게 늦지 않게 인계하는 것이 예의다.

그리고 회사에 따라 24시간 교대하는 곳도 있으며, '하루 차'라 해서 교대 없이 차를 집에 가지고 다니며 매달 연속해서 운영할 수 있는 방식을 채택하는 회사도 있다. 개인택시처럼 편하게 운영할 수도 있고, 입금액이 많은 만큼 수익도 더 올릴 수있다. 그러나 하루 16~18시간 일을 해야 수지타산(收支打算)이 맞다 보니 몸에 무리가 올 수밖에 없는 제도이다. 필자 역시몇 개월 경험이 있지만 권하고 싶지 않다.

열두 시간 주야 교대를 해도 버텨 내기 힘든 일이 택시이거늘 하루 차를 장기간 하다 보면 몸에 무리가 오게 된다. 그것을무시하고 지속적으로 일을 하다 운전석에 잠시 쉬다가 뇌출혈또는 심장마비로 앉은 채로 쓰러져 사망하는 사례가 종종 발생하고 있으니 참고하기 바란다.

5) 수입

개인의 노력에 따라 다르지만 성실하게 일하면 한 달에200~350만 원 선까지 보면 될 것이다. 물론 악착같이 일하는기사들은 그 이상 버는 경우도 왕왕(往往) 볼 수 있다.

| 개인택시

개인택시란 말 그대로 구매에서 차량 수리는 물론 사고 처리까지 내가 책임을 지고 택시 사업하는 것을 말한다. 개인택시를 소유하기 위해서는 기본적으로 택시운전자격증을 보유하고 있어야 하며 관할 세무서에서 사업자등록증을 비롯한 관련 경력 서류들을 구비해야 한다.

1970~80년까지만 해도 법인택시 무사고 5~7년이면 개인택시를 정부에서 허가해 주는 제도가 있었다. 그러던 것이 개인택시의 과다 공급으로 인해 10~15년 걸리더니, 요즘 들어서는 유명무실(有名無實)한 제도로 인식되면서 매매(賣買)에 의존하는 실정이다.

1) 기존 개인택시 자격조건

① 법인택시(버스, 개인 용달, 화물자동차) 영업용 운전 경력 최근 4년 이내 3년 무사고 기록을 보유.

② 일반회사 업무용 운전 경력 최근 7년 이내 6년 무사고 기록을 보유.

③ 단, 위 사항에 부합되어도 법률 위반, 과태료 처분, 운전면허 행정 처분 등 결격사유에 해당하는 사람은 개인택시 자격조건에서 제외하는 등의 사유들로 상당히 까다로웠으나 2021년 1월 1일부터 개인택시 자격요건이 완화되었다.

2) 변경된 개인택시 자격요건

① 택시 자격 취득시험 합격.

② 5년 자가용 무사고 운전 경력과 한국교통안전공단 교통안전체험교육 5일을 이수하면 개인택시를 취득하도록 요건이 완화되었다.

변경 전 자격요건들을 보면 개인이 직접 택시를 운영하는 것이기에 조건이 상당히 구체적이고 생각보다 오랜 시간과 경력이 필요하다는 것을 알 수 있다. 그만큼 개인택시 사업자로서 책임감과 서비스 정신으로 무장되어야 하기 때문일 것이다. 따라서 개인택시를 준비한다면 미리 요건들을 확인해 보고 경력들을 만들어 가는 것이 좋을 듯하다.

3) 개인택시 쉬는 날

개인택시는 '부제(部制)'라 해서 3~4일에 하루 쉬는 날이 있다. 예를 들어 '가, 나, 다' 3개 조로 운영되는 지역이면 이틀 일하고 하루 쉬게 되고, '라'조까지 있는 지역은 사흘 일하고 하루 쉬게 되는 것이다. 지역에 따라 부제가 아예 시행되지 않는 곳도 있다.

3개 조로 운영되는 지역의 경우 이틀 후에 의무적으로 하루를 쉬어야 하기에 이틀간 열심히 달릴 수밖에 없다. 아이들 교육과 개인택시 매입에 대출까지 끼어 있다면 무리를 하지 않을 수 없는 구조임을 알 수 있다. 따라서 여러 장단점이 있다지만 필자의 경험상 4개 조로 운영되는 것이 효율적(效率的)이라 여겨진다. 한 발 더 나아가 부제를 전면 해제해서 자율에 맡기는 방안도 검토할 필요가 있다고 여겨진다.

4) 수입

개인택시 경력이 20~30년 이상 되는 어르신들과 이야기하다 보면 '이젠 진이 빠질 정도로 일하다 보니 돈 욕심보다 집에 반찬값이나 좀 보태고 손자, 손녀들 용돈과 담뱃값만 벌면 얼른 집에 들어간다' 하시는 분들을 종종 만날 수 있다.

하루 6~8시간 일하고 7~8만 원 버시면 일과를 접는 그분들은 사실 집도 있고, 아들딸 결혼까지 시켰으니 이해가 되는 상황이다. 하지만 게으름 피우지 않고 열심히 달리는 기사라면 월 300~400만 원 정도야 너끈히 올릴 수 있는 구조라 인식하면 될 것이다.

5) 개인택시 매매가격

개인택시의 매매가격은 지역에 따라 많은 차이가 난다. 1억~1억 5천만 원 선에서 거래되고 있으며 개인택시 매입 경력 조건이 완화되면서 매매 호가(呼價)가 상승하는 추세이다. 해당 지역에 개인택시매매센터나 개인택시조합에 상담 후 구매하면 되고, 그 절차는 중고자동차 거래할 때와 비슷하다.

6) 개인택시 사업면허 취소

무지(無知)이든 방심(放心)이었든 어렵게 장만한 개인택시
면허가 말소되는 수가 있다. 개인택시에 꿈을 가진 분이라면
반드시 숙지(熟知)하시길 당부하며 짚어 보기로 하자.

① 운전면허적성검사 미필처럼 사소한 것에서부터 신호 위
반, 중앙선 침범과 같은 교통행정법규 위반으로 벌점 누
적에 의한 취소이다. 이때는 해당 기관에 문의하여 보충
교육을 받아 벌점을 줄여 놓는 적극적인 자세와 관리가
필요하다.

② 형법 위반 중범죄 또는 성추행과 같은 범죄로 구속을 당
하는 경우 취소된다.

③ 음주운전으로 인해 면허 취소를 당하면 개인택시 면허도
자동 말소된다.

운전면허를 취소당했을 때 다시 취득하면 되는 그런 단
순한 예가 아니다. 운전면허 취소와 함께 힘들게 마련한

개인택시사업면허 자체가 말소되면서 1억이라는 개인택시번호판 값이 없어지는 것이니 얼마나 큰 물질적 손해인가.

그만큼 영업용 택시, 개인택시를 불문하고 안전운행 확보를 통해 국민의 생명, 신체 및 재산을 보호하고 사회공적서비스 개념을 중시해야 하는 특수 직업군이기에 엄중한 처벌규정을 두고 있는 것이 아닐까 싶다.

한 예로 개인택시를 운영하던 한 운전자는 음주운전을 이유로 2002년 운전면허가 취소됐고, 2005년 개인택시운송사업면허가 말소되자 '경제적 자유권과 재산권 보장을 침해당했다'라며 헌법소원을 냈다.

이에 재판부는 2006년 '개인택시운송사업자의 관계법령 위반을 억제하고 부적격사업자를 제외함으로써 교통안전에 이바지하는 효과가 있으므로 입법목적의 정당성과 방법의 적정성이 인정된다'라며 합헌 결정을 내린 적이 있다. 개인택시의 공적 서비스라는 특성상 의미 있는 결정이라 여겨진다.

그러나 필자의 경험상 개인택시 부적격사업자 제외 규정은 정부로부터 무상으로 받은 경우와 개인이 거액의 돈을 들여 매입(買入)한 경우를 분류해서 관리되는 것이 타당(妥當)하다 여겨진다.

법인택시나 버스 등을 장기간 모범적으로 무사고 운전을 한 기사들에게 양질의 택시를 보급한다는 차원에서 개인택시 자격을 부여한 것은 오래된 일이다. 이처럼 정부로부터 부여받은 기사들에게 부적격사업자 제외 규정을 두는 것은 어쩔 수 없다 치자, 하지만 고액의 자기 자본을 들여 개인택시사업을 하려는 자영업자에게 같은 잣대를 적용하는 것은 모순(矛盾)이라는 것이다. 애초부터 무상으로 부여받은 개인택시는 매매를 못하게 해서 다시 반납하는 조건을 두었다면 이해할 수 있지만 말이다.

개인택시 매입사업자의 경우 교통행정법령 위반으로 자동차운전면허가 취소됨으로써 개인택시운송사업면허까지 말소(抹消)되어 개인택시 영업이 정지되는 것은 이해할 수 있다. 그러나 개인의 재산권(財産權)까지 보호받지 못하는 것은 아주 후진적 법 규정이라 여겨진다.

따라서 개인택시 매입사업자가 운전면허 취소로 개인택시 운송사업면허가 말소되었다 해도 영업 정지 상태에서 개인택시번호판 매도(賣渡)만큼은 허용돼야 한다고 본다. 그것이 서민들의 경제적 자유권과 최소한의 재산권이 보장되는 선진적 법 규정 아닐까 한다.

택시 안에서

움직이는 동네 사랑방이라 불리는 택시 안은 커피숍도 되고 때로는 시장상인들 수다를 초월하는 장터가 되기도 한다.

기사 처지에서 손님의 상황에서 그 사연 하나하나에 수필 소재 감 아닌 것 하나 없다. 그 안에서의 웃음, 배려, 사랑, 다툼, 슬픔 등에 대한 무용담(武勇談)을 풀어 본다.

| 첫 출근, 월요일

새벽 5시 교대를 맞추기 위해 4시 잠에서 깨어 대충 씻고 자전거에 오른다. 인천 부개동에서 청천동 선경택시까지 7km를 달리다 보면 땀에 젖은 웃옷을 갈아입고 세수도 한 번 더 해야한다. 비가 오나 눈이 오나 4년이란 시간 동안 자전거 페달을 밟은 나 자신에게 박수를 보내 주고 싶다.

어느 직장을 가나 첫 출근의 설렘과 두려움은 있기 마련이지만 택시란 일은 몇 배는 더했던 것 같다. 당시 자가용 25년 무사고로 운전만큼은 인정받는 실력이라지만 어색한 차와 모르는 길을 잘 알지 못하는 손님까지 모셔야 한다는 압박감은 나를 주눅 들게 하고도 남았다.

회사 담당자로부터 전날 교육받은 대로 내 차를 부여받은 다음 회사를 나가기 전 무사귀환(無事歸還)을 염원(念願)하며 핸들을 잡고 잠시 심호흡으로 마음을 가다듬고 현장으로 나간다. 갈산동을 지나 삼산동 쪽으로 유유히 달리고 있는데 정장 차림의 깔끔한 남자분이 손짓을 보내왔다.

차에 오르시는 분께 "어서 오세요. 반갑습니다! 어디로 모실까요?"라고 인사했다. 좀 어색했으나 교육장에서 배운 대로 했다. 부평역으로 가자고 했다. 아마도 지하철을 이용해 출근하는 것 같았다.

평소 자주 다니던 길이어서 손님에게 물어볼 필요도 없이 편하게 모실 수 있음이 다행이었다. 목적지에 도착하여 "감사합니다. 안녕히 가십시오!"라고 말했다. 순간 돌아오는 메아리. "네, 편히 잘 왔습니다. 행복한 하루 되세요!" 좋은 첫인상처럼 멋진 신사로 느껴지는 손님이었다.

그때, 손에 받아든 3,500원을 보며 잠시 상념(想念)에 젖는다. 돈의 귀중함과 함께 그 가치의 소중함을 가슴에 새김과 동시에 '나도 이 일을 해낼 수 있겠다' 하는 자신감(自信感)까지 드는 순간이었다. 당시 기본요금 2,400원 하던 시절이니 짧은 시간에 괜찮은 소득이라는 생각이 들었다.

바쁜 월요일 출근 시간 바짝 매출을 올리기 위해 아홉 시까지 일을 한 후 아내가 늦게 출근하는 날이라 집에서 함께 아침을 먹고 바로 핸들을 잡는다. 그때 붙은 습관이 집에 아내가 있으면 집에서, 없을 때는 기사 식당에서 식사하는 습관이었던 것 같다. 덕분에 수도권 일대의 기사 식당과 맛집들을 구석구석 알 수 있는 계기가 되었고, 요즘도 아이들을 데리고 그 맛집들을 찾아다니곤 한다.

그중 연수구 옥련동에 허름해 보이는 건물의 중국요리 집은 요즘도 가족들과 가끔 들르는데 지금까지도 자장면 한 그릇에 1,500원 하는데 질과 양 면에서는 아주 행복을 주는 시쳇말로 가성비 최고의 집이다. 맛나게 먹고 나오면서 미안하다는 생각까지 든다고 아내에게 말하자, 아내 역시 돈 벌었다는 느낌까지 들 정도라며 극찬을 하곤 한다. 이제는 그곳 사장님과는 자별한 친구 사이로 지낼 정도이며 우리 가족 제일의 추억 장소가 된 지 오래다.

참고로 독자분들도 전국 어디를 가든 맛집을 찾을 때는 택시 기사분들에게 문의하는 것이 가장 빠른 것임을 기억해 두길 당부한다.

출근 전쟁을 치른 평일 오전 거리는 잠시 적막이 흐를 만큼 손님은 없고 택시는 많다. 이때 많은 이들이 지치고 포기하기도 한다. 오죽하면 한 시간 동안 시내를 빈 차로 배회하다 망치로 보닛을 두들겨 찌그러뜨리고 사표를 던지는 사람도 있었겠는가.

오후가 되면 저녁 시장 준비하는 주부들과 다양한 모임에 참석하려 서두르는 분들로 인해 좀 활기가 넘쳐나기는 한다. 우여곡절 끝에 입금하고 가스 채우고 나니 호주머니에 남는

육만 오천 원, 당시 인력(용역) 일을 하는 분들과 견줄 만큼이니 큰 성공작이 아닐 수 없다.

오후 네 시 사십 분, 열두 시간 나와 함께 놀아 준 달구지 청소를 하고 교대자(꼬방 : 짝꿍의 일본식 표현. 공사현장의 노가다란 말처럼 지금까지 사회 곳곳에 일제강점기의 잔재가 남아 있음. 하루빨리 개선되어야 할 것으로 사료됨)에게 차를 넘겨준다.

그 쥐꼬리에도 아내가 대견하다며 포옹(抱擁)으로 반겨 주니 그날의 피로도 언제였냐는 듯 녹아내리는 첫 출근 월요일이었다.

| 그리고 일주일

　화요일 새벽일은 정말 운(運)에 달렸다. 가끔 있는 일이지만 월요일부터 밤새 달린 취객 내지는 유흥업소에 일하던 승객들이 이어지는 날에는 정신없이 달려야 하지만, 그렇지 않으면 출근 손님들이 나올 때까지 공차(空車)로 다니기 일쑤며 밀어내기 줄에서 졸음과 싸워야 한다.

　아침 여섯 시가 가까워 오면 출근하는 손님들이 보이기 시작하고 곧 러시아워(rush hour, 尖頭時) 시간이 되면 손에 땀이 날 정도로 손님이 넘쳐난다. 물론 밀리는 자가용차들로 짜증 날 수도 있지만 그 또한 즐겨야 한다.

　혼잡하고 바쁘게 움직이는 아침 출근 시간이 지나고 화요일에서 목요일까지 주간 일과(日課)는 그저 그런 날들의 연속이다. 그래도 그것을 이겨 내야 한다. 주말이 있기 때문이다.

　금요일 밤이 되면 주말을 즐기려는 사람들로 시내 곳곳의 주막거리는 불야성을 이루고 그 광란과 흥분은 새벽까지 이어진다. 그래서 토요일과 일요일 새벽은 좀 더 일찍 출발해야 한다. 때로는 만취한 손님들로 인해 곤욕을 치를 때도 있지만 참아 내야 한다. 왜냐하면, 평소보다 두 배 가까운 벌이가 되기 때문이다.

그래서 택시 주간조의 승부는 새벽에 달려 있다고 보면 된다. 월요일에서 금요일 새벽까지 운이 따랐다면 특히, 토요일과 일요일 새벽은 뻥 뚫린 도로와 함께 코가 삐뚤어지도록 밤새워 달린 고마운 분들이 채워 주는 내 지갑도 신이 날 정도이다.

더불어 주말은 가족 나들이와 종교 행사, 결혼식 등 다양한 행사로 인해 동분서주(東奔西走) 움직일 수밖에 없이 돌아가며 그만큼 벌이도 짭짤하다. 그러니 평일 낮에 힘들다 기죽지 말고 새벽에 게으름 피우지 말고 주말을 기대하며 끈기 있게 가 보자.

| 출근길 합승

택시 초기에는 부족한 택시, 넘치는 손님으로 인해 합승(合乘)이라는 용어가 흔하던 시절이 있었다. 출퇴근 시간에는 서너 팀까지 함께 태우는 일이 다반사였다. 그러나 그 자체가 불법화되고 늘어난 택시로 인해 손님은 물론 기사들까지도 애당초 생각도 않게 된 것이 합승이다.

그래도 출근길 외진 곳에서 발 동동 구르며 급한 손짓을 해오는 손님을 만났을 때 뒤에 빈 택시가 보이지 않으면 "함께 모셔도 될까요?"라고 손님에게 양해를 구하며 모시곤 한다.

그런데 이를 어쩌나, 분명 보이지 않던 빈 차가 합승하는 것을 보고는 옆을 지나며 경적을 울리며 소리친다. "야, 집에 쌀 떨어졌냐? 같이 좀 먹고 살자." 자신의 손님을 빼앗아 갔다며 화풀이를 하는 것이다. 욕은 먹었지만 불법합승 과태료만 면한 것으로도 천우신조(天佑神助)가 아닐 수 없다.

이때, 앞뒤 손님 모두에게 조금씩 할인해 드리는 것이 예의이다. 이마저도 과잉 공급된 택시들로 인해 합승이라는 단어는 예전의 추억거리가 된 지 오래다.

그 외에도 총알택시(대중교통이 끊긴 심야 번화가에서 미터 요금보다 싸게 여러 손님을 합승하여 빨리 달리는 택시를 일컫는 말)가 있다. 총알택시로 가장 유명한 곳이 영등포역 앞이다. 지하철과 버스가 끊기고 나면 인천을 비롯한 서울의 위성도시로 가는 택시들이 정원을 초과하면서까지 손님을 모시느라 불야성을 이루곤 한다. 기사들의 난폭운전과 불친절도 있었으나 이 역시 예전 기억 속으로 사라져 가는 낱말이 되어 가고 있다.

| 택시의 꽃은 밤이다

지리도 익힐 겸 수습사원으로 3개월 주간근무를 하고 나면 야간 조 배정을 받을 수 있다. 주야 교대는 12일 간격으로 이루어진다. 그리고 보니 수습사원으로 지리를 익힌다는 말도 내비게이션 아가씨 등장으로 사라진 지 오래다.

예를 들어 주간 5일 근무 후 몸 쉬는 날 하루, 또 5일 근무 후 몸과 차가 쉬는 날이 지나면 야간 조로 바뀌게 된다. 역시, 밤에 5일 근무 후 하루 몸 쉬고 또 5일 근무 후 몸과 차가 쉬고 나면 다시 주간으로 돌아가는 12일 순환근무제로 운영된다.

차 쉬는 날에는 절대 영업하면 안 되며 이때는 회사에 차량 정비를 위해 회사 차고에 입고 후 퇴근하는 것이 상식이다. 교대할 때는 짝꿍에게 차량의 청소 및 시간 엄수에 대한 예의를 잃지 않도록 명심해야 한다.

택시의 꽃은 밤이다. 월요일 오후 5시에 거리로 나서면 좀 한산해 보이지만 곧 시내는 퇴근 시간(golden hour)과 함께 차들로 넘쳐난다. 각종 모임에 회식까지 주막마다 넘쳐나는 수다와 술, 택시기사에게는 암흑 속 진주처럼 느껴지는 곳이 밤의 택시이다.

자정이 지나 20% 할증까지 되고 나면 택시미터기도 재미있다며 신이 나서 돌아간다. 목요일까지 줄기차게 달린 수다와 술잔은 금요일, 토요일 밤이 되면 날아다니는 듯 오가며 그 회포와 웃음은 택시 안까지 이어진다.

기분 좋다고 거스름돈은 팁이라며 가시는 손님, 요금을 타자마자 미리 주고는 한숨 주무시고 나서 잘 왔다며 또 다시 돈을 내밀고 가시는 장거리 손님, 계산하지도 않고는 줬다고 우겨 대는 손님, 양해도 없이 담배를 피우는 손님, 미니스커트에 속옷까지 보이며 뒷자리에 누워 잠까지 자는 만취한 여자 손님, 무엇을 먹었는지 차 안에 확인(overeat)시키고는 세차비 두둑이 주고 가시는 손님 등 참으로 흥미 열 배인 곳이 밤의 택시이다.

설명한 것처럼 주간 대비 야간에는 수입을 두 배 가까이 올릴 수 있기도 하다. 그래서 연로하신 분과 시력 문제로 낮에 일하는 것을 고수하는 기사들을 제외하고는 대부분 밤에 운전하길 선호하는 경향이 있다.

따라서 낮에는 터미널과 역 중심으로, 밤에는 터미널과 역 방향으로 움직이다 지하철과 버스가 끊기는 심야 시간이 되면 유명 주막거리로 방향을 잡는 것이 바람직하다.

한 예로 인천시의 경우 부평 진선미 테마거리, 관교동 테마거리는 사시사철 밤마다 불야성을 이루는 곳들이다. 전국의 도시마다 이러한 번화한 거리를 파악하여 요일과 시간대별로 발 빠르게 움직이는 것이 성공의 지름길일 것이다.

다만 야간에는 시야 확보에 있어 어려움이 있고, 비가 온다거나 눈이 내려 빙판이라도 되는 날에는 각별히 조심해야 한다. 대형 교통사고들은 밤에 일어남을 명심(銘心)하고 임(臨)하라는 것이다.

| 1시간 4만 원

야간 택시영업을 선호하는 것은 한산한 도로가 있기 때문이다. 퇴근 시간이 지나고 나면 고속도로는 물론 시내 도로까지 차량 정체가 사라진다. 때문에, 싱싱 달리는 택시의 미터기는 신명 나기 마련이다.

자정이 지난 할증(割增) 시간에 인천 부평에서 미추홀구 용현동 손님을 모시게 되었다. 경인고속도로를 올라 빠르게 움직여 목적지에 하차해 드리자, 바로 앞에 서 계시던 분이 오르면서 계양구 작전동행을 원하셨다. 역시 경인고속도로를 달려 도착하자 낯빛이 얼큰해 보이는 신사분이 연수구 선학동을 가자 하셨다. 이때도 경인고속도로를 경유하여 목적지에 도착하고 보니 한 시간에 4만 원이 넘는 것이었다.

보통의 경우 1~2만 원 할 시간에 정말 많은 수입이었다. '택시의 꽃은 밤이다'라는 말을 실감하는 순간이었다.

이날은 장거리를 뛴 날보다 수입이 더 많은 참으로 운수(運數) 좋은 날이었다. 그래서 택시를 '운수업(運數業)'이라 부르나 보다.

이때 한 가지 명심할 것이 있다. 좀 거리가 있는 구간을 갈 때는 손님에게 먼저 경유 구간을 물어봐야 한다. 예를 들어, '어느 도로를 이용하여 모실까요? 경인고속도를 경유해 가 드릴까요?' 등의 명확한 길을 설정 후 모시라는 것이다. 그렇지 않고 임의(任意)로 주행하다 '왜 엉뚱한 길로 가느냐'라며 시비(是非)로 고초(苦楚)를 겪을 수 있기 때문이다.

그러나 심야 시간의 짭짤한 벌이도 예전 같지 않을 듯싶다. 시내 구간 5030 시행으로 50Km 이상 주행이 힘드니 그만큼 수입에 영향이 있을 것이다. 그래도 '차보다 사람이 먼저다'라는 생각을 숙지하고 몸에 배도록 빠르게 적응하길 당부한다.

| 손님 구분하기

가족 나들이 길에 버스 정류장보다 좀 앞서 차 오는 방향만 응시하고 있는 사람을 보고 '저 사람은 택시 손님이 분명하다' 라 말하면 옆에 앉은 아내와 뒤에 탄 아이들이 호기심 어린 눈으로 뒤를 본다. 아니나 다를까 아이들이 고개를 돌려 뒤를 보더니 손뼉을 치며 깔깔거린다. 뒤따라오던 택시를 탄 모양이다. 택시 핸들을 놓은 지 십수 년이 지났어도 그 추억과 습관이 아직도 남아 있음에 가끔 혼자 미소를 짓기도 한다.

이와 달리 건널목 없는 도로 양방향을 반복적으로 두리번거리는 사람은 도로를 건너려는 사람이다. 즉, 무단횡단을 하려는 것이니 주의해야 한다.

그리고 버스정류소 앞을 지날 때는 좀 천천히 가는 것이 좋다. 버스를 기다리다 출근 시간이나 약속에 쫓기어 지나는 택시를 잡을 수 있고, 갑자기 눈이나 비가 퍼붓는 날, 궂은 날씨 때문에 택시로 마음을 바꿀 수 있기 때문이다. 눈비가 많은 날은 택시 손님이 많기 마련이다.

또한, 건널목을 건너오는 사람이 있을 때는 마지막 사람까지 기다려야 한다. 건너는 사람 중에 내 손님이 있을 수 있기 때문이다.

물론, 몇 미터 앞에 손짓하는 손님이 있을 때는 예외로 하겠다. 자칫하면 반대편 차선에서 불법 유턴으로 내 손님을 채가는 얌체족에 당할 수 있으니 약간의 일탈(逸脫)도 때로는 필요하다.

| 괘씸죄

그러한 적극적 사고 내지는 잘못된 사고방식 때문이었을까, 한번은 교통경찰에게 제대로 걸리고 말았다.

밤 10쯤 동암역에서 가좌IC 방향으로 한적한 왕복 8차선 도로를 주행하는데 중앙선 건너편에서 한 사람이 다급하게 손짓을 하고 있었다. 건널목 신호는 떨어졌고 U턴 표시는 없는 곳이다. 마침, 건너편 백 미터 앞에서 경찰차 한 대가 법규위반 단속을 하는 듯했다. 순간, 머릿속은 복잡했지만 '단속 일을 하고 있는데 나에게까지?'라는 생각으로 차를 돌려 손님을 모시고 출발하려는 찰나 어느새 경찰차가 옆에 와서는 차를 세우란다.

택시는 물론 일반 자동차도 드문 도로에서 추위에 떠시는 모습이 너무 안타까워 그랬다고 용서를 구해 보았으나 모두 허사였다. 자신들이 보는 앞에서 불법 U턴에 중앙선 침범까지 했으니 괘씸해서 안 된단다. 결국, '괘씸죄'에 걸려 7만 원에 벌점 15점, 엄청 큰 벌을 받았다.

   다음 쉬는 날에 교통 센터에서 네 시간 보수교육을 받고 벌점 감면을 받아야 했다. 왜냐하면, 벌점 누적으로 면허 취소되는 일은 방지해야 하기 때문이다. 택시는 물론 버스와 화물차 등 운전을 생업(生業)으로 하는 분들은 이 벌점 관리(罰點管理)를 꼭 염두(念頭)에 두어야 한다. 예로 1년 121점 초과, 2년 201점 초과, 3년 271점 초과하면 면허 취소까지 되는 법 규정이 있으니 반드시 참고하길 바란다.

장거리 손님과 기본요금 손님

어느 기사는 장거리 손님을 한번 모시고 나면 마치 로또라도 당첨된 양 한참 너스레를 하곤 한다. 사실 맞는 말이다. 한적한 평일 낮에 인천공항이나 다른 도시라도 다녀온다면 지갑이 두툼해지기 마련이다.

이때, 명심해야 할 것이 손님에게 먼저 금액을 말하지 말라는 것이다. "평소 얼마에 다니셨나요?"라고 질문을 하고 손님께서 먼저 말하게 유도하라는 것이다. 좀 적다 싶으면 더 요구하고 그 외에는 "감사합니다. 편히 모시겠습니다"라고 응대하면 기대치 이상으로 모시게 되는 경우가 태반이다.

특히, 부산과 광주 같은 최장거리를 가는 경우 출발 전에 흥정을 마치고 금액도 반드시 미리 받고 출발해야 한다. 자칫 방심했다가 왕복 큰 금액과 도로비까지 날리는 황당한 사고를 당하는 일들이 종종 일어나고 있다. 시 외곽 장거리를 간다는 것은 돌아올 때 빈 차로 와야 한다는 것을 의미한다. 때문에,

금액의 20%를 추가로 받는 것을 법규로 규정하고 있다. 장거리 요금의 세부적인 사항들은 동료나 주위 선배들에게 문의하고 숙지(熟知)하는 것이 가장 좋다.

금요일과 토요일 밤이 되면 택시보다 손님이 많을 정도로 시내 번화가 근처는 택시 손님으로 넘쳐난다. 사실, 이때는 장거리 손님도 좋지만, 계속 이어지는 기본요금 손님을 모시는 것도 쏠쏠한 일이다. 이럴 때 장거리 손님만 골라 태우려고 기본손님을 외면하는 얌체 기사들이 간혹 있는데 조속히 근절(根絶)되어야 할 구시대적 악습(惡習)이며, 성실하게 일하는 동료 기사까지 욕(辱)먹이는 행위다.

로또가 된 것처럼 장거리를 한두 번 뛰었든, 밀어내기로 시내를 열심히 다니었든 일과 후 정산을 비교해 보면 큰 차는 없다. 더구나 한 달 수입의 편차는 열심히 일한 기사들에게서는 그리 크게 나지 않는다. 물론, 술과 게임 또는 노름 등으로 늦게 출근하거나 일을 게을리했다면 결과는 천차만별(天差萬別) 나타남을 명심할 필요가 있다.

| 토끼몰이와 밀어내기

산토끼는 자신이 주로 다니는 길만 다닌다. 그래서 그것을 아는 사냥꾼들은 그 길목에 올무를 놓아 토끼사냥을 하곤 한다.

택시 운전 습관은 크게 두 부류로 나뉜다. 한 부류는 산토끼처럼 쉬지 않고 손님을 만날 때까지 대로와 골목길까지 주구장창 다니는 기사이고, 또 다른 부류는 앞선 택시들이 줄을 짓고 있는 곳 뒤를 따라가면서 자기 순번을 기다렸다 손님을 모시는 경우이다.

전자의 경우 초보이거나 체력이 좀 넘치는 기사님인 경우가 분명하다. 손님을 찾느라 나 홀로 택시를 운전한다는 것은 정신적 스트레스와 더불어 상당한 체력 소모를 동반하는 일이다. 한 시간 이상 나 홀로 빈 차로 다니다 보면 '정녕 내가 이 일을 언제까지 해야 하나?' 정말로 오만가지 회한(悔恨)들이 밀려오기 마련이다. 그 회한들을 이겨 내지 못해 며칠도 버티

지 못하고 택시 핸들을 놓아 버리는 기사들도 부지기수(不知其數)다.

하지만, 운수 없는 날이 있으면 운수 좋은 날도 있는 법, 그 시간이 지나고 나면 나의 옆 좌석에도 언젠가 손님이 앉아 있기 마련이다. 그날 하루가 그랬으면 다음 날에는 채워지기 마련이다. 그게 택시이고 인생(人生)이다.

바로 이때이다. 장시간 거리를 홀로 방황했다면 유동인구가 많은 역이라든가 터미널 앞에 서 있는 택시들 뒤에 서서 순번을 기다리자. 토끼몰이가 안 될 때는 밀어내기 방식으로 바꿔보자는 것이다. 모든 일이 그렇듯 택시도 3~5년 이상 하다 보면 체력적 한계와 더불어 요령까지 생기기 마련이다. 필자 역시 초기에는 토끼몰이를 하다 개인택시도 장만하고 경력이 쌓이면서 밀어내기로 전술을 바꾸었던 것 같다.

나에게 목적지는 항상 부평역과 부평 주막거리(일명 부평 진선미거리, 부평 로데오거리)이다. 전철이 끊기는 시간까지 집을 나서면 부평역으로 향한다. 가는 도중 손님을 모시게 되면 목적지에 내려 드리고 다시 부평역 방향을 잡는다. 물론, 이때 손님이 있을 만한 길을 택해야 하는 것은 당연지사(當然之事)이며, 자신이 주로 다니는 길을 설정하고 그 길로 주행하는 습관을 갖는 것도 필요하다. 그 방식이 도로의 신호체계 습득에 유리하고, 피로도도 덜하며 사고율(事故率)도 낮추어 준다는 사실을 체감하게 될 것이다. 이 습관은 일반 자가 운전하는 분들에게도 꼭 필요한 운전상식이니 반드시 숙지하기 바란다.

부평역까지 토끼몰이 도중 손님을 모시지 못했다면 역 앞에 서 있는 택시들 뒤에 꼬리를 물고 선다. 느려 보이지만 15분 이내로 손님을 모실 수 있는 인천의 택시 명당(明堂)이 그곳이다.

이때, 잠시 쉬면서 밖에 나가 스트레칭으로 몸도 풀고 간식도 먹으면서 동료들과 무용담(武勇談)을 주고받기도 하는 시간이다. 대한민국 모든 지역마다 부평역처럼 유동인구가 많은 명당이 있기 마련. 그곳을 빠르게 파악하고 그 중심으로 움직이는 것이 유류비 절약과 체력에도 도움이 됨을 느끼게 될 것이다.

한번은 부평역에서 연수동 가는 손님을 모시고 신이 나게 달렸다. 도로도 한산한 시간이라 빠르게 내려 드리고 늘 그랬듯 부평역 방향으로 향했다.

관교동을 지나 동암역 근처까지 오는 동안 손님은 없었다. 순간 택시업에 대한 자괴감(自愧感)까지 들곤 해서 잠시 쉬어 갈 겸 동암역에서 밀어내기라도 하려고 들어가려니 비집고 들어갈 틈조차 없었다.

이런 날은 나뿐 아니라 택시 전체가 힘들게 돌아가는 날이다. 어쩔 수 없이 부평까지 빈 차로 와 줄서기를 하고 나니 엄청난 피로가 밀려왔다.

그날 그러했으면, 신명 나는 날도 있는 법. 되는 날은 부평역에서 인천국제공항 가는 손님을 모셔 드리고 돌아오는 길에는 공항에서 부평 손님을 모시게 되는 행운의 날도 있기 마련이다. 한 시간 매출 7만 원, '운수 좋은 날'은 바로 이런 날을 두고 말하는 것이다. 이런 날은 복권에 된 양 동료들에게 무용담을 전하느라 더더욱 신나는 날이다. 소소하지만 인생 '희로애락

(喜怒哀樂)'을 알게 해 주는 택시야말로 참으로 흥미진진(興味津津) 그 자체가 아닐 수 없다.

그래서 필자는 젊은 청춘들에게 고한다. 희로애락을 알게 해 주는 택시를 3개월만 경험해 보라고. 143m마다 백 원씩 오르는 미터기의 달리는 조랑말에서, 새벽부터 밤늦게까지 뛰어 다니는 사람들에게서, 또 다른 세상을 보게 될 것이다. 더불어 자신이 살아가면서 무엇에 집중해야 하는지를 깨닫는 계기(契機)가 될 것이다.

| 정선 카지노 그리고 충전소

논현동에 손님을 내려 드리고 목적지로 향하던 중이었다. 만수동을 지날 즈음 중년의 남자 손님이 오르며 정선 카지노를 가자 하셨다.

시간을 보니 밤 아홉 시가 다 되어 가고 초행길이라 조금 망설여지기는 했지만, 평소에 얼마에 다니셨냐고 물으니 이십만 원을 주겠다며 오만 원 권 넉 장을 내미는 것이었다. 얼마 전 장만한 내비게이션 아가씨만 믿고 긴장된 마음으로 출발했다.

역시, 듣던 대로 굽이굽이 인적도 차도 드문 음산한 도로를 두 시간가량 달려 그곳에 도착했다. 이 시골 한적한 곳에 카지노를 만들고 또 이 먼 곳까지 찾아오는 손님이 있다는 것이 믿기지 않는 광경이었다. 차에서 내려 잠시 구경이라도 할까 하다 베팅에는 취미도 없고 내키지 않는지라 바로 나의 구역 인천으로 향했다.

그러나 호사다마(好事多磨)라 했던가. 계기판을 보니 가스가 바닥을 가리키고 있었다. 몇 킬로나 달렸을까 경고등에 불까지 들어오고 칠흑같이 어두운 산골길은 나의 심장박동까지 빠르게 하고 있었다.

다른 자동차와 달리 LPG 차들은 미리미리 충전에 신경을 써야 한다. 특히, 시골길을 갈 때는 더 주의해야 했는데 초행길에 미리 챙기지 못한 자신을 탓할 수밖에 없었다.

얼마나 더 달렸을까. 천우신조(天佑神助)로 5km 전방에 충전소가 있다는 표지판이 보였다. 마치 눈보라 치는 겨울 늦은 밤 산속에서 길 잃고 헤매다 불 밝히고 있는 초가라도 발견한 심정이었다.

그곳에서 차에 밥을 가득 주고 나니 마치 내 배라도 채운 듯 하늘 아래 부러울 것이 없는 천하장사가 된 듯했다. 배부른 나의 달구지는 힘을 더 내고 있었고, 차를 몰며 편의점에서 챙긴 김밥 두 줄과 커피 맛은 그 어느 때보다 꿀맛이었고, 담배 한 개비 역시 달콤했다.

오르막과 내리막을 반복하다 영동고속도로에 오르니 마치 집에라도 도착한 기분이 들었다. 군자IC를 빠져나오니 새벽 한 시, 고향 길처럼 편한 인천 손님들을 모시며 세 시간 더 뛴 후 정산을 하니 평소의 두 배가 되었다.

그런 날은 동료들과 나래기(Dutch Pay, 뿜빠이, 가부시끼, 각자 내기와 같은 말로 나눠 내기의 신조어)로 소주 한 잔 나누며 정선 카지노 방문기를 쓰느라 바쁘고, 그 무용담은 집에서 잠자고 있는 아내에게까지도 이어진다.

요금 냈다고 우겨 대는 손님

　토요일 밤 11시, 역시 부평 테마의 거리에서 밀어내기를 하다 얼큰해 보이는 이십 대 후반의 젊은 남자 손님을 태웠다.

　부천 중동을 가자고 했다. 20%의 추가 요금이 있음을 확인한 후 출발, 목적지에 다다를 즈음 다시 부평 삼산동으로 가자는 것이었다. 술에 취한 목소리며 왠지 좋지 않다는 느낌이 왔다.

　아니나 다를까, 삼산동에 착하여 14,000원 금액을 요구하니 이미 줬다는 것이다. 받은 적 없다, 이미 주었다. 몇 분 실랑이 끝에 나의 신고로 경찰까지 배석(陪席)하게 되었고, 경찰에게 자초지종(自初至終)을 설명했다.

　그러나 그도 허사였다. 실내에 CCTV가 있는 것도 아니고 안 받았다는 증거자료를 제시할 수 없는 나를 경찰이 한쪽으로 부르더니 운수 없는 날이라 생각하시고 다른 손님을 찾아 빨리 일하시는 게 좋겠단다. 자신들도 어쩔 수 없다는 것이었다. 순간, 화가 머리끝까지 치밀어 손님의 멱살을 잡고 '인생 그렇게 살지 말라' 하고 모든 것을 포기하고 일터로 향하려는 찰나, 그 작자가 목에 상처가 났다며 차를 막아서고는 병원이라도 가자 할 기세였다. 주객전도(主客顚倒)가 이런 경우이런가. 이같은 찰거머리가 또 있을까. 상황이 좋지 않았다. 그 청년이 경찰과 이야기하는 사이 차를 횡하니 몰고 줄행랑 후 일터로 향할 수밖에 없었다. 상황은 그렇게 종료되었다.

일과 후 회사 선배에게 이 이야기를 했더니 자기 무용담을 들려주는데 그처럼 못한 것에 후회가 밀려오기까지 했다.

큰 키는 아니지만 땅딸한 체구로 큰 주먹에 강단 있어 보이는 눈빛의 선배는 나와 비슷한 상황에서 그 누구도 범접할 수 없는 방식을 택했던 것이었다.

돈을 주었다고 우겨 대는 취객을 주먹으로 혼내고, 쓰러지니 달려가 또 치고 말리는 경찰에 아랑곳하지 않고 인정사정 없이 주먹을 날렸다 한다. 주먹을 날리면서도 인생 한 번 죽지 두 번 죽느냐는 다짐뿐이었다 한다. 경찰이 있는 앞에서 실컷 두들겨 맞은 손님은 그때서야 상황 파악이 됐는지 무릎 꿇고 빌며 밀린 계산까지 하고 줄행랑을 치더란다. 그 선배도 상황이 그렇게 종료된 것을 보면 역시, 졸장부들에게는 강한 처방이 큰 약효가 증명되는 듯싶다.

아무튼, 실내외에 다양한 녹화장치는 물론 세밀한 사전 준비로 어떠한 상황에서도 한 줌도 안 되는 좀비들에게 욕보지 않도록 주의하는 것이 필요할 듯싶다.

| 물어물어 찾아갔건만

인천에는 간석동과 구월동, 십정동 근처에 석천초등학교, 석정초등학교, 상정초등학교가 근거리에 몰려 있다. 택시업계 입문 초기 일요일 오전 백운역 근처에서 여성분이 오르면서 주안의 구 법원 근처의 상정초등학교를 가자 했다. 결국 그곳은 헷갈리는 이름들처럼 구 법원 근처도 아니었다.

내비게이션도 스마트폰도 없던 시절, '제가 초보 기사라서 잘 모르는 곳이니 다른 택시를 이용하시라' 했으면 좋았을 것을 주안 구 법원 근처에 가서 행인들에게 물어보면 되겠지 하는 안이한 욕심으로 출발하고 말았다.

그 판단이 화근(禍根)이 되어 크게 되돌아올 줄이야. 그곳 행인들 역시 상정초등학교는 모르겠고 혹 석정초등학교가 아니냐 하니 손님도 그곳으로 가 보자고 했다. 그러나 그곳에서도 손님의 일행은 만날 수 없었고, 하는 수 없이 경력이 꽤 돼 보이는 개인택시 기사님께 여쭈니 상세히 알려 주셨다.

십정동 열 우물 사거리를 지나 좌측에 상정중학교와 상정고등학교가 보이고 좀 더 직진해 백영아파트를 지나 우회전해 들어가니 작은 공원 뒤에 상정초등학교가 숨어 있었다. 평소 자주 다니던 길이었지만 큰길가에 이정표도 없고, 누가 찾더라도 애로를 겪을 수밖에 없는 곳이라는 생각이 들었다. 그때 비로소 자세히 보니 직선으로 바로 왔더라면 2,400원 기본 거리였다. 그곳 상정초등학교에서 손님 일행은 행사를 진행하고 있었고, 미터기의 조랑말은 10,000원 숫자를 가리키며 달리고 있을 즈음 손님은 무표정하게 결제를 하고 내렸다. 하지만 그것이 끝이 아니었다.

몇 달 후 부평구청 교통과로부터 가산금까지 붙은 고지서가 날아든 것이다. 부당승차행위로 십만 원의 벌금 고지서, 배송 과정에 문제가 있었는지 교통과에 이의제기(異議提起)할 기간도 지난 독촉장(督促狀)이었다.

아마도, 손님은 내가 고의로 돌고 돌아 요금이 많이 나오도록 했다 오해를 했던 것 같다. 사실, 그런 택시기사들이 간혹 있다는 것을 듣기는 했지만, 그 보복이 내게 올 줄이야.

사실, 손님 처지에서 짧은 거리에 부당한 금액을 내려니 화도 날 성싶다. 그래도, 적정선에서 타협하고 흥정을 요구했더라면 좋았을 것을, 나의 노력과 희생은 아랑곳없이 신고부터 하다니. 그 차가운 냉철함에 열려 있던 내 가슴까지 굳게 닫히는 순간이었다.

그래, 목적지 파악이 정확히 안 되는 상황에서 애당초 손님을 모시지 말았어야 했고, 도착해서도 '본의 아니게 물어물어 오느라 요금이 많이 나왔는데 좀 깎아드리겠다'고 공을 손님께 넘겼어야 했다.

아이들은 커 가고 먹고는 살아야 하고, 물은 이미 엎질러졌다. 얄궂은 손님으로부터 북받치는 화를 식히기 위해서는 빨리 입금하고 고지서를 찢어 버려야 한다. 이리저리 정신없이 뛰다 은행 문이 열리는 순간 급히 들러 십일만 원 과태료를 내고 나왔다. 다행히 은행 앞에 잠시 세워 둔 나의 달구지에 불법 주차 고지서는 없었다.

| 경서동 아이 엄마

　평일 오후 부평시장에서 등에 아이를 업고 장바구니를 든 아이 엄마가 오르며 서구 경서동을 말씀하신다. 친구들과 수다 후 장을 보고 저녁 준비하러 귀가하는 모양이다.

　손님과 대화는 없었고 아이의 재롱도 없이 무료하게 목적지에 도착하니 현금이 없다며 바로 앞 은행에서 돈을 빼 오겠단다. 조랑말은 13,000원을 넘어 달리고 있고, 은행 정문 앞에서 기다리기를 십여 분, 왠지 느낌이 안 좋았다.

　차에서 내려 은행 안으로 들어가 아이 엄마를 찾아봤다. 그러나 허사였다. 직원에게 정문 외에 문이 더 있냐고 물어보니 직원들만 다니는 쪽문이 있다는 것이다. 말이 직원 전용이지 마음만 먹으면 누구나 드나들 수 있는 구조였다. 아쉬운 마음에 은행 안 구석구석을 둘러보았으나 더는 시간 낭비라는 생각으로 다시 운전석에 앉으니 잡념만 스칠 뿐 일할 기분은 사라지고 담배만이 나를 위로해 주고 있었다.

저런 엄마에게서 아이가 올바르게 자라날 수 있을까, 아니면 정말 돈이 없어 살림이 궁한 사람일까. 분명, 그 아이 엄마는 상습적으로 그런 행동을 하는 것이 분명하다. 마치 도박에 도취된 사람들처럼 스스로 승리감과 쾌감까지 느끼면서 말이다.

몇 달 뒤 비슷한 경우를 겪게 되었다. 한 번 속지 두 번 속지는 않는다. 이번에는 예의에 벗어나는 일이지만 아이를 뒷좌석에 두고 은행에 다녀오시라 했다.

하니, 도리어 왜 사람을 믿지 못하냐며 화를 내며 카드 결제 후 불나게 떠나는 것이었다. 이런 사람은 심각한 중독 환자로 봐야 하지 않을까. 나 또한 두 번 당하지 않은 것에 쾌감을 느끼며 일할 수 있었다.

이 외에도 목적지에 가는 중 삼촌과 통화로 돈을 가지고 집 앞에 기다리라 해 놓고 함께 사라지는 이, 택시가 서면 가타부타 말도 없이 문 열고 줄행랑을 치는 사람들까지 참으로 다양한 경험과 배움을 주는 곳. 그곳이 택시이다. 요즘 들어 이 '먹퇴'들이 활개를 치고 횟수도 잦아지고 있다니 각별한 주의가 요구된다.

 이후로 손님이 은행이나 편의점에 다녀오겠다고 하면 함께 내려 손님 뒤를 살피기도 하고, 가방이나 휴대폰 등의 소지품을 좌석에 놓고 내리게 하는 습관이 생겼다. 서로를 믿고 보듬으며 가야 하는데, 신뢰를 무너뜨리고 경계의 눈을 키우며 살아야 하는 나 자신과 세상 앞에 안타까움만이 스치는 순간들이다.

 그러나 이런 마이너스 사람들보다 서로 칭찬하고 흥미로운 이야기가 오가며 웃음을 주는 플러스 사람들이 많은 곳이 택시이다. 그래서 오늘도 그분들을 만나러 바다판으로 향한다.

| 픽치기

  운전하다 보면 인도도 중앙선도 없는 골목길을 다니게 마련이다. 이때, 주의해야 할 부분이 픽치기이다.

  주행 중인 차에 밀접해 다가오다 후사경이나 문짝을 자신의 팔로 고의로 툭 쳐 놓고는 차에 부닥쳤다 엄살을 부리며 치료비를 요구하는 사람들이다. 이 사람들은 입원을 하거나 거액을 요구하지도 않고 약값이나 하겠다며 3~5만 원을 요구하는 경우가 태반(太半)이다.

  누구나 처음 겪게 되면 당황해서 그 치졸한 요구에 응하게 마련이다. 그 경우 대부분 졸장부 근성을 가진 상습범이 틀림없기에 단호하고 강하게 대처해야 한다. "분명 당신이 먼저 고의로 다가온 것이다. 그러니 경찰서에 가서 전방 카메라 및 CCTV 등을 확인하고 진위여부(眞僞與否)를 명확히 가려 봅시다"라고 하면 대부분 꼬리를 내리고 줄행랑을 치고 만다. 더구나 전과가 있는 기생충이라면 경찰서에 가자는 말 한마디에도 혼비백산 무너지게 되어 있다.

　이들도 자기들만의 활동무대가 정해져 있다. 특히, 부평역에서 현대 더 로프트 건물을 지나 굴다리로 가는 길, 동수역으로 가는 삼릉 길, 인천역과 주안을 비롯한 구도심의 주택가 골목 등의 양방향에 주차가 되어 있는 복잡한 골목을 택해 활동하므로 세심한 주의가 필요하다는 것이다.

　자가용 운전자도 언제든 그 피해의 주인공이 될 수 있으니 혼잡한 길을 주행할 때는 참고하기 바란다.

│ 골목길 아이들

자가 운전이든 택시 운전이든 신호 위반, 과속, 중앙선 침범, 음주 등으로 벌금을 내기도 하고 면허 정지 및 심지어 면허 취소까지 겪는 것은 비일비재(非一非再)한 일들이다.

그중에서도 뺑소니는 가장 안 좋은 행위로 간주되어 그 벌이 제일 센 것으로 알려져 있다. 그러니 가벼운 사고든 큰 사고든 간에 응급조치 후 경찰에 신고, 연락처 주고받기는 어떠한 경우라도 잊지 말아야 한다. 특히, 개인택시의 경우 사고 후 뺑소니에 걸렸다면 면허 취소는 물론 개인택시면허까지 날리게 되므로 금기시해야 할 항목이다.

개인택시 4년 차 즈음 인천중부경찰서로부터 뺑소니 혐의가 있으니 출두하라는 전화를 받았다. 특별한 일은 없었는데 의아했지만, 긴장된 마음으로 일을 잠시 멈추고 출두할 수밖에 없었다. 경위인즉, 얼마 전 인천 중구 송월동 골목길에서 밤 11시경 학생들을 치고 도주하였고 뺑소니 혐의로 신고가 되었다는 것이다.

그러면 그 가운데 입원 중인 학생이 있냐고 여쭈니 그런 아이는 없다는 것이었다. 뭔가 좀 이상하다는 생각이 들었다. 그날 손님을 모시고 갔던 것은 기억나는 사실이다. 그러나 사람을 다치게 한 적도 없고 뺑소니를 한 적도 없다고 단호하게 답하니 다음에 피해 학생들을 나오라 해서 함께 조사하겠다고 하여 다시 일터로 향했다.

약속한 날에 다시 출두했으나 학생들은 나오지 않았고, 피해자 연락 후 다시 통보하겠단다. 며칠 후 담당 경찰이 전화로 피해자가 고소 취하를 하겠다고 연락이 왔다며 없던 일로 하겠다는 것이었다. 참으로 누가 피해자인지 모를 일이었다. 어설픈 골목 아이들의 장난에 농락당하지 않은 나 자신에 박수를 보내며 홀가분하게 일에 집중할 수 있었던 것 같다.

사실, 손님 한 분을 모시고 그곳을 지날 즈음 전방 오른쪽에 주차된 차와 차 사이에 대여섯 명의 어린 학생들이 몰려 있는 것을 보았고, 순간 퍽치기를 당할 수 있다는 느낌마저 드는 순간이었다. 아니나 다를까 그들 앞을 지날 때 차 오른쪽이 발로 차이는 것 같은 미세한 느낌을 나는 감지했지만, 손님은 눈치도 못 채는 것 같았다. 차에서 내려 훈계(訓戒)라도 할까 하다 상황이 더 꼬여 말려들 수 있다는 생각으로 그냥 가는 것이 답이라 판단하고 일에 집중했다.

요즘 들어 강화된 스쿨존 법규와 '민식이 법'을 악용한 일부 아이들의 차에게 덤벼드는 만용(蠻勇)과 그 아이들을 편드는 부모들로 인해 욕을 보는 경우가 잦다. 확실한 것은 단순 픽치기 상습범들의 금전 요구에 응해서는 안 된다는 것이며, 전후 사정에 명확히 대처하고 현금 요구 시 들어줄 필요 없이 보험 처리와 사고 처리를 하자 요구해야 한다.

보험 처리와 사고 처리가 성립되려면 상응하는 피해 기준이 있는 법, 여우 같은 미꾸라지들에게 먼저 소금을 뿌리면 혼비백산(魂飛魄散) 도망갈 수밖에 없기 때문이다.

| 사고 그러나 사고 아님

새벽 두 시라도 토요일인지라 번화가 도로는 차들로 북적인다. 간석동에 손님을 내려드리고 동암역을 지나 십정사거리에서 부평 쪽으로 우회전하려는 순간, 건널목 신호를 무시하고 뛰어오던 젊은 청년이 보닛에 올라탔다가 2미터는 날아 아스팔트에 떨어진다.

자가운전까지 30년 경력이지만 처음 겪는 일이라 앞이 캄캄하고 무엇을 먼저 해야 하는지조차 가물가물했다. 그래도 제일 먼저 119에 전화는 돌렸다.

잠시 눈을 감았다 앞을 보니 벌써 사람들이 많이 모여 있었다. 긴장된 마음으로 밖으로 나가 보니 젊은이는 엉금엉금 일어나며 괜찮다는 표정을 지었다. 추운 겨울날인 데다 긴장 탓인지 손발은 물론 몸 전체가 떨려왔다. 주위 사람들이 안 되겠다며 차로 들어가라기에 운전석에 앉아 따뜻한 바람을 쐬니 몸이 좀 잦아들었다.

밖에는 벌써 구급차와 경찰차까지 와 있었고, 경찰에게 신분증과 연락처를 제시한 후 젊은이는 병원으로, 나는 부평경찰서로 향했다. 경찰서에서 사실 그대로 상황 설명을 했다. 편도 4차로 건널목 신호가 적색등이라 우측 표시등을 켜고 평소 하던 대로 우회전하려는 순간 젊은이가 달려들었다.

그리고 1, 2, 3차로에 신호 대기 중인 차들에 시야가 가려 무단횡단으로 달려오는 사람은 볼 수가 없는 상황이었다. 영상을 확인해 봐도 건널목 신호가 적색일 때 무단횡단 했음이 분명했다. 젊은이가 의식도 있고 많이 다친 것 같지 않다고 하니 경찰도 오늘은 여기까지만 하고 내일 오후에 한 번 더 나오라며 집에 가도 된단다.

더 일한다는 것은 무리였고 집에 와 누우니 긴장했던 근육도 풀리며 안도감에 잠을 청할 수 있었다. 다음 날 일하던 중 오후에 경찰서로 향했다. 다행히 젊은이도 부상은 없고 몇 가지 검사 후 귀가했다고 한다. 본인 역시 술김에 건널목을 빨리 건너려고 무단횡단 한 것에 사과했다 한다. 병원 검사비용 30만 원은 보험 처리하고 다른 치료비 요구도 없었다는 것이다.

운전하다 보면 불가항력(不可抗力)적 상황이 있을 수 있다. 정황상 이번 사례가 그에 해당하는 것 같으니 모든 것을 혐의 없음으로 처리하겠다며 스티커 하나 발부하지 않았다. 그러면서 한 마디 덧붙인다. '사고이지만 사고 아니다'라 생각하고 신경 쓰지 말고 일에 더 집중하라고 담당 경찰이 내게 말씀해 주신다. 친절하고 고마운 그분에게 지금이라도 다시 감사의 마음을 전하고 싶다.

　일과 후 선배와 나래기 술을 마시며 전날 무용담을 전하니, 만일 그 젊은이가 술을 먹지 않은 상태였다면 많이 다쳤을 거라는 것이다. 선배의 말을 인정하면서도 술을 마시지 않았다면 무단횡단도 없고 애당초 그런 상황이 벌어지지도 않았을 것이라는 회한(悔恨)으로 마시는 소주 한잔이 그날따라 쓰게 느껴졌다.

| 쾅 그리고 10만 원 입금

도로 주행을 하다 보면 자동차 사고 발생 시에 구급차와 경찰차보다 견인차가 가장 먼저 오는 경우를 종종 목격(目擊)했을 것이다.

특히 본인 사고 시에 내가 신고하기 전에 견인차가 먼저 오는 것을 보고 의아했던 사례도 가끔 보았을 것이다. 이는 택시, 버스 기사들과 견인차 기사들 간 네트워크가 형성돼 기사들의 핸드폰 단축번호 앞자리에 견인차 콜센터 번호가 저장되어 있고, 사고 목격 시 제일 빠르게 신고해 주는 기사에게 일정의 사례금(謝禮金)을 주는 구조로 되어 있기 때문이다.

한번은 심야 시간에 인천대공원을 지나 고가 아랫길을 경유해 만수동을 가고 있는데, 고가 위에서 쾅 하는 소리가 나는 것이었다. 분명, 군자톨게이트에서 인천대공원 방향임을 직감했고 단축다이얼을 빠르게 눌렀다. 느낌상 가장 먼저 알렸으리라는 기대와 확신으로 일에 몰입했다.

약 두 시간 후 견인차 사무실 아가씨로부터 전화가 왔다. 두 대 모두 견인을 했으며 적잖은 사례금을 바로 입금하겠다는 것이었다.

이런 날은 복권이라도 당첨된 양 일이 힘든 것도 모르고 재미도 두 배, 주머니도 두 배가 되니 온 가족이 삼겹살로 행복을 만끽하는 날이 된다. 이러한 일들을 겪으며 모든 것이 역동적이고 빠르게 움직이는 대한민국 사회에서 견인차의 빠른 출동도 장점의 하나라는 생각이 들기도 하지만, 무리한 과속과 끼어들기, 신호 위반, 심지어 다른 경쟁 업체보다 앞서 사고현장에 도착하기 위해 역주행까지 하다 2차 사고를 내는 사례들을 보고 있노라면 빠른 개선책이 간절함을 느낀다.

그 일례로 견인차 대기 구역을 지정하고 공영제로 운영하여 무한경쟁체제를 없앨 수 있다면 2차 사고의 피해는 없으리라 사료된다.

그 외에도 운전을 직업으로 하다 보면 도로의 무법자들을 왕왕 보게 된다. 오토바이의 무리한 끼어들기와 과속, 자동차의 무리한 튜닝(car tuning : 조율, 개조가 기본 뜻으로 기성 제품 외관을 바꾸거나 성능을 변화시키는 것을 말한다)에 의한 큰 클랙슨 소리와 시속 200Km를 자랑하며 질주하는 행태들은 사회적 범죄(犯罪)요, 잠재적 살인행위(殺人行爲)에 해당하므로 그 처벌을 엄격히 강화해야 한다.

여름밤 창문 열고 잠을 청하다 굉음(轟音)에 잠을 설치고, 일명 도로의 폭주족, 칼치기족들에 놀란 경우가 종종 있었을 것이다. 그러고 보면 경찰청장님, 시장님, 대통령님들의 관사는 큰 도로 위 광란(狂亂)의 질주(疾走)가 들리지도 보이지도 않는 좋은 곳에 있어 '미래의 살인자'들이 방치되고 있는가 보다.

대한민국 도로에 시속 200Km 이상 달릴 수 있는 도로가 어디 있고, 그리 달릴 일이 뭐가 있단 말인가. 오토바이도 전후면 번호판 부착을 의무화하고, 모든 자동차는 규정 속도보다 30Km 초과 시 면허 취소를 하는 등 구체적이고 강한 법규 제정으로 도로의 민주화(民主化)와 평화(平和)를 만들어 냈으면 하는 바람이다.

세계적 통계를 보면 교통사고로 한 해 천만 명 사망하고, 오천만 명이나 부상으로 고초를 겪는 것으로 보고되고 있다. 이는 예전의 호환마마(虎患媽媽)보다 무서운 질병 수준이며 작금의 코로나19보다 큰 인류의 적(敵)이 된 지 오래다. 자동차를 만들어 내어 편하게 이동하고 자유롭게 여행을 즐기는 만큼 이제는 교통사고를 줄이는 데 전 인류가 함께 머리를 맞대고 대안 모색(摸索)을 해야 할 시기가 바로 오늘임을 명심하자.

| 산동네 할머니

　일부 기사 중 간혹 번화가를 벗어나 산동네라든지 좁은 아파트단지 안으로 갈 수 있냐고 물으면 짜증을 낸다거나 다른 차를 타라며 휑하니 떠나 버리는 택시를 볼 수 있다.

　이처럼 택시 물을 흐리는 행태들이 반복되면서 시민들로부터 손가락질을 받게 되고 고급교통 대접은 물론 대중교통화하는 데도 걸림돌이 되고 있다. 소수이기는 하나 이러한 행태는 도의적으로나 법적으로나 문제가 되는 만큼 시급히 사라져야 한다. 어찌하여 그 손님이 내 가족, 나의 부모님이 될 수도 있다는 생각을 하지 않는가.

　선진국 선진문화로 가는 길에 그 나라의 택시문화는 중요한 한 축을 담당하기 마련이다. 그러기에 골목 어디라도, 산마을 아파트 안까지라도, 보따리가 많아 보이는 손님이라도 내 부모님을 모신다는 마음으로 핸들 잡기를 당부한다.

　한번은 인천터미널에서 짐 보따리가 많은 할머니를 모시게 되었다. 브레이크를 채우고 트렁크 문이 간신히 닫힐 정도의 짐을 싣고 달동네박물관이 있는 동구 송현동의, 그야말로 하늘 아래 첫 동네를 오르게 되었다.

시골을 떠나면서 남겨 둔 텃밭에서 수확한 것들을 바리바리 챙겨 오는 중이라며, 팔 남매 자식들 나누어 주려고 따로따로 포장하다 보니 많아지셨다며 겸연쩍게 미소를 지으셨다. 순간 고향에 홀로 계신 어머님 생각도 나서 평소보다 더 잘 모셔야겠다는 생각으로 하차하여 대문 안에까지 모든 짐을 넣어 드리니 2천 원은 팁이라며 만 원짜리 하나를 주신다. 문을 닫고 출발하려는데 언제 나오셨는지 배추 두 포기가 든 비닐봉지를 내미시며 식구들과 겉절이나 해서 먹으라며 건네주시는데 정말 오랜만에 인심 좋은 시골 할머니의 포근한 정이 느껴지는 순간이었다.

큰길까지 내려오는데 손님은 없었고 시내로 한참을 와서야 다음 손님을 모실 수 있었다. 그래도 그날 하루는 택시 기사로서의 보람을 느끼게 해 준 충청도 할머니 생각에 웃으며 하루를 마무리할 수 있었다.

연하남과 결혼 고민하는 손님

혼잡한 퇴근길이 마무리될 무렵 부평구 부개동 아파트단지에서 이십 대 후반의 아가씨가 차에 오르며 바람 좀 쐬고 싶다며 영종도 바다를 경유(經由)해 돌아오자고 했다. 이러한 손님은 분명 큰 고민거리로 머리 좀 식히고자 바다를 찾는 경우로 택시 요금 같은 것은 거래의 대상이 되지 않는다. 시내를 벗어나며 영종대교를 거쳐 왕산, 을왕리, 선녀바위해수욕장으로 해서 무의도행 선착장이 있는 잠진도 해변으로 인천대교를 경유해 돌아오겠다고 하니 흔쾌히 수락했다.

북인천IC를 지나 영종대교를 오르니 손님께서 바다 냄새가 난다며 창문을 열고 좋아하는데 나까지 덩달아 신이 나고 있었다. 가족들을 데리고 가끔 즐기는 코스이지만 미터기가 찰칵찰칵 오르는 가운데 다가오는 바다 향기는 하늘을 나는 기쁨이었다.

멋진 해변이 있는 곳에서는 차를 세워 손님은 잠시 바람을 쐬고, 나는 차에서 기다리기를 반복하며 을왕리해수욕장을 지날 무렵 손님께서 문득 말을 걸어왔다. 세 살 연하와 교제 중으로 결혼까지 생각하고 있지만, 남자의 경제력과 직업 때문에 고민이라는 얘기였다. 아가씨는 그 남자와 함께 갈 수 있는데 부모님과 친척, 지인들에게 소개하는 부분에서 자신이 없다는 것이었다. 혼인 비율 저조, 그로 인한 저출산, 전형적인 요즘 청춘들의 최대 고민에 젖어 있다는 생각이 들었다.

순간, 20~30년 전 선배들의 연애와 사랑, 결혼 이야기들이 떠올라 그 무용담들을 전해 주며 영종도 해변 곳곳을 달린다. 적어도 그 시절에는 남녀 간에 조건보다는 사람 좋으면 사람만 믿고 결혼에 골인하곤 했다. 단칸방에 사글세로 살면서 비 오는 날 지붕에서 물이 떨어지면 세숫대야로 물을 받고 옆에서 사랑을 나누었고 아이들은 공부 잘하고, 해 뜨면 일터로 나가 열심히들 달려 전세로 아파트로 집 사서 이사하며 행복과 꿈을 함께 키우며 살았다.

물론, 그 세대들과 같은 삶을 살자는 것은 아니다. 시대와 환경이 변한만큼 천장에서 떨어지는 물을 피하며 살 수는 없다.

하지만 요즘도 잘 갖춰진 원룸에서 출발해 투 룸으로 옮기고 전세도 살다가 집 장만하며 사랑을 나누고 아이들과 행복한 가정을 꾸밀 기회들은 널려 있다. 이미 오를 대로 올라 버린 고물가 사회에 포기하거나 사회 탓만 하지 말고 적극적으로 일하고 모으고 사랑하며 살자는 것이다.

넓은 집과 두툼한 통장이 준비돼야만 사랑 구하고 결혼하겠다는 고정된 틀에서 벗어나자는 것이다. 서른 후반 또는 사십을 훌쩍 넘겨 큰 집과 은행에서 좋아할 정도의 예금이 있다 치자. 그 조건으로 결혼은 할 수 있을지 모르나 진정한 사랑을 찾는다는 것은 그리 쉬운 일이 아닐 것이다.

어쩌면 앞만 보고 달리던 젊은 시절 진정한 사랑의 기회들은 지나 버리고 조건으로 살다 보니 집집이 삐거덕거리는 소리가 잦은 게 아닌가 싶다. 사람이 먼저 사랑이 먼저다. 좋은 사람 있으면 사랑부터 하자.

일례로, 동남아의 베트남은 십 대 후반에서 이십 중반 이전에 결혼하는 문화가 있어 출산율(出産率)이 세계에서 제일 높다 한다. 대한민국은 출산율 낮기로 유명한 일본을 제치고 세계 1위라는 불명예(不名譽)를 안고 있으니 이런 수치(羞恥)가 어디 있을까 싶다.

　이제 청춘들은 일하며 사랑하고, 기성세대와 국가는 신혼부부 주택문제와 아이들 양육비, 교육비 지원에 머리를 맞대고 풀어 보자. 아이들 웃음소리가 국력(國力)이고 국방(國防)이다. 그곳에 세금 지원(稅金支援)을 아끼지 말자. 대한민국 온 나라 정치인들의 제1공약은 출산율 높이는 데 초점(焦點)을 맞추어야 한다. 그리하여 나라 방방곡곡(坊坊曲曲) 아기 웃음소리가 넘쳐나야 하지 않겠는가.

　평소 생각과 고민이 많았던 분야인지라 너스레를 늘어놓다 보니 차는 인천대교를 지나고 있었고 손님도 뭔가 다짐을 한 것처럼 고개를 끄덕이고 있었다. 바닷길을 한 바퀴 돌아 아파트에 다다르니 미터기는 8만 원을 가리키고 있었고 오만 원짜리 두 장을 내밀며 잔돈은 됐다고 한다.

　손님께 감사한 마음을 전하고 "사람 좋으면 함께 가는 겁니

다. 주위를 너무 살피다 좋은 사람 놓치면 후회해요."라고 마
지막 한마디를 전하며 두 시간 여행을 마치고 다시 현장으로
향한다.

│ 택시 안은 유세장

택시 안은 참으로 많은 사람과 다양한 이야기들이 오가는 곳으로 알려져 있다. 그중에서도 선거철이 되면 이보다 더한 난리(亂離), 난장(亂場)은 없을 정도로 야단법석(惹端法席)인 곳이 택시 안에서일 것이다.

선거철이라 해도 낮에 큰소리 나는 일은 아주 드물다. 해가 지고 술이 얼큰한 분들이 올랐다 하면 기사와 손님 간 또는 함께 탄 일행 간에도 말다툼은 물론 멱살잡이에 주먹까지 오가니 시장 소전 싸움판을 능가하는 흥미(興味)를 주는 곳, 그곳이 택시판이 아닌가 싶다.

특히, 요즘은 지역감정이라는 단어조차 생소할 정도로 많이 완화됐지만, 한때만 해도 상대 지역 차는 주유소에서 기름도 안 넣어 주었다 하니 그 골이 얼마나 깊고 사무쳤으면 그러했겠는가 싶다. 선거철 택시 안에서 흥미로운 조우(遭遇)는 사투리 심한 남쪽의 양대 산맥이 기사와 손님으로 만났을 때이다.

이들은 서로의 사투리에서 척 알아보고 서로 경계(警戒)를 하며 한동안 아무 말이 없었는데 라디오 뉴스가 화근(禍根)이 되고 만다.

한쪽에서 혼잣말로 "세상이 어찌 되려고 저러는지 모르겠네"라 했을 뿐인데 상대방도 한마디 던진다. "이제야 대한민국이 제대로 돌아가려나 보네." 이쯤 되면 한판 해 보자는 것이다. 살얼음판도 이렇게 위험할 수는 없는 형국에 한마디가 날아온다. "여보쇼, 지금 저랑 뭐 하자는 겁니까." 복수불반분(覆水不返盆)이라 엎지른 물은 다시 담을 수 없다 했던가. 이제부터는 그 누구도 막을 수도 말릴 수도 없는 상황이다.

내리는 순간까지 옥신각신하다가 백 원짜리 잔돈까지 모두 챙겨 가며 욕을 한 바가지 퍼붓고 가는 손님, 티격태격하는 도중 기분 나빠 차를 못 타겠다며 중간에 차를 세우라고는 만 원짜리 하나 던지고 다른 택시로 갈아타는 손님 등 왈가불가(曰可不可)하는 내용은 본인들이 선거에 등록한 후보(候補)로 보일 정도이다.

위와는 반대로 지지하는 정당과 후보가 일치할 때는 더 가관(可觀)이다. 고생하신다며 요금에 만 원짜리 몇 장을 얹어 주는가 하면, 오랜만에 뜻이 통하는 의인(義人)을 만났다며 택시 세워 놓고 소주 한잔 함께하자는 손님까지 있다. 아직 마감 시간이 남았다 하면 현금으로 사납금까지 채워 주고 술까지 얻어먹으니 이런 횡재(橫財)가 또 있겠는가. 포장마차로 옮겨진 술자리에서는 서로 어깨동무하고 노래를 부르며 세상에 이런 막역지간(莫逆支間)이 또 있으랴 싶을 정도로 정이 넘쳐난다. 동료 기사로부터 그 만남이 요즘까지 이어진다는 이야기를 들을 때는 살짝 질투심까지 들기도 했던 추억이 있다.

앞서 살펴보았듯 민감한 정치 분야 이야기는 손님이 먼저 말을 걸어오기까지 기다리는 것이 좋을 듯싶다. 혹여, 자신이 지지하는 정당이나 후보로 손님의 생각을 바꾸어.보겠다는 심상(心想)으로 먼저 말을 건넸다가 흉한 꼴 보기 십상이니 참고 인내(忍耐)하라는 이야기다.

역으로 손님이 자신의 주의, 주장을 펼치고자 말을 걸어올 때는 손님의 말에 장단을 맞추어 주는 것이 좋다. 기사 자신의 소신은 심장 바닥 깊은 곳에 내려놓고 '네, 그러게요. 그렇겠네요'라고 응대를 하다 마지막에 요금을 받은 다음 손님이 문 열고 내릴 즈음 '손님, 그래도 이번에는 ××당으로, ××후보로 변화를 주는 것은 어떨까요?'라고 응대하는 것쯤은 애교로 봐 줄 수 있을 것이다.

정치 이야기 외에도 택시 운전을 하는 시간만큼은 항상 주의를 기울이고 조심을 해야 한다. 택시는 빈 차일 때는 나만의 공간이요, 내 차라 할 수 있다. 그러나 손님이 오르게 되면 손님의 차이며, 공공의 장소로 바뀐다. 그때는 라디오 켜는 것도, 노래를 듣는 것도 손님의 상황을 생각하며 주의를 해야 한다. 심지어 손님이 피곤해 잠이 들었다면 내비게이션 안내 목소리까지 낮추어 주는 것이 예의라 하겠다.

특히, 어떤 기사는 자신의 신앙에 따라 교회 찬송가라든지 불교 음악을 크게 틀고 다니는 것을 종종 볼 수 있다. 이는 절대로 삼가야 하는 행위이며 정이나 무료함에 듣고 싶다면 손님에게 먼저 양해를 구한 후 작은 소리로 잔잔하게 듣길 바란다.

| 손님의 권리

택시는 빈 차일 때 지붕에 경광등과 빈 차등이 들어오고 손님이 승차하면 자동으로 꺼지게 되어 있다. 그리고 업무를 마친 순간이나 휴일에는 불을 끄고 다니게 되어 있다. 따라서 빈 택시가 오면 손님은 문을 열고 착석한 후 목적지를 말하면 된다. 그런데 간혹 차에 오르기 전에 어디를 갈 수 있냐며 묻고는 한다. 이는 잘못된 상식이며 손님의 권리(權利)를 놓치는 행동이라는 것을 기억하자는 것이다.

물론, 시외를 나갈 때는 추가 요금에 대한 협상 때문에 예외로 하겠지만 빈 택시가 오면 당당하게 손짓을 하고 차에 올라 씩씩하게 목적지를 이야기하도록 하자. 승차 후에도 짧은 거리를 탓하거나 불친절한 기사를 만났다면 시청이나 구청 교통과에 신고하는 습관을 갖도록 했으면 한다. 그 신고 습관 하나하나가 선진 택시문화를 앞당기는 데 보탬이 될 것이기 때문이다.

젊은 시절 천안에서 고향 친구들과 모임 후 줄 서 있는 택시를 타려고 하니 기사님 왈(曰) 다른 택시를 이용하라는 것이었다. "왜, 돈 안 되는 짧은 구간이라고 승차 거부하시는 겁니까?" 술이 얼큰한 한 친구가 고함을 지르며 택시 문짝을 발로 차는 것이었다. 문짝은 찌그러졌고 순식간에 주위의 기사들 열댓 명은 몰렸다. 순간 큰 싸움이라도 날 형국(形局)으로 사태가 커지고 있었다.

우리 쪽 친구들도 장난이 아니라는 것을 인식했는지 그 친구를 보호하려고 학익진(鶴翼陳)을 펼치고 있었다. 수적으로는 좀 열세였지만, 이십 초반의 젊은 혈기가 큰 무기가 되는 기세당당한 시절이었으니 두려움도 없이 친구와 의리를 지켰던 것 같다.

그때 친구가 차분하게 시시비비(是是非非)는 경찰서에 가서 따지자며 함께 경찰서로 가자고 했다. 잠시 정적이 흐르고 해당 기사와 동료들이 수군수군하더니 미안하다며 그냥 가시라는 것이었다. 가까운 거리든 장거리든 그날의 운에 맡기고 느긋한 마음으로 하셨어야 했거늘 신고가 되면 승차 거부로 자신에게 과태료는 물론 큰 피해가 온다는 것을 직감한 모양이었다. 아마도 그 기사 분은 그 사건 후로 같은 실수를 반복하지는 않았을 것이다.

그날의 무용담은 결과적으로 손님의 권리도 확인하고 선진 택시문화를 앞당기는 데 일조한 것 아니냐며 지금까지도 자화자찬 안주가 되곤 한다.

비슷한 사례로, 한 승객의 경우 평소 택시 승차 거부를 여러 번 경험했던 젊은 여자 손님은 승차 거부하는 기사의 습관을 고치겠다는 각오로 거부당하는 순간마다 번호판 사진을 찍어 해당 구청 교통과에 신고하는 습관을 갖고 있다고 한다. 핸드폰이 없을 때 메모장을 꺼내 들어 차량번호를 적고 있으면 기사는 혼비백산(魂飛魄散) 다가와 용서를 구하기도 하고, 심지어 목적지까지 무료로 모시겠다며 애걸복걸(哀乞伏乞)하는데도 거절하며 해당 기관에 바로 신고하곤 한단다. 그때 나도 잘하고 계신다며 칭찬의 박수를 보내 드리니 흐뭇해하던 모습이 생생하다.

더불어, 손님의 권리를 찾겠다면 손님으로서 의무(義務)와 도리(道理)도 존재하기 마련이다. 먼저 택시에 오를 때는 '안녕하세요. 반갑습니다. 장시간 운전에 수고가 많으시죠. 잘 부탁드립니다'라고 웃으며 인사하는 습관을 갖자는 것이다. 물론, 요금은 내고 타는 것이라 해도 기사를 얕잡아 보거나 무시(無視)하며 하대(下待)하려는 태도는 안 된다. 그분들도 엄연한 인격체(人格體)이며 한 가정의 가장으로 존경(尊敬)을 받는 사람들이다. 무사한 서비스 완성을 위해서 밝은 미소를 먼저 건넨다면 몇 배의 편한 서비스를 맛볼 수 있을 것이다.

그리고 목적지를 가고자 할 때 본인이 원하는 길이 있으면 미리 이야기하는 습관(習慣)을 갖도록 하자. 넋 놓고 앉아 가다 '왜 이 길로 가냐'며 따지는 듯 핀잔으로 시빗거리를 만들어 사태를 키우지 말자.

또한, 술이 얼큰할 때는 조금이라도 숙취를 풀고 승차하고, 만취한 경우는 동반자와 함께 택시에 오르도록 해야 한다. 목적지가 어디인지 제대로 말도 하지 못하고, 먹은 것들을 택시 안에 확인시키고는 그 위를 짓이기며 잠들면 기사는 그 난관

(難關)들을 해결하느라 상상 이상의 고초(苦楚)를 겪을 수 있기 때문이다.

　손님이 택시에 오르는 순간 택시 안은 공공(公共)의 장소로 변한다. 음주와 담배는 물론, 일행과 나누는 수다와 큰소리로 하는 전화 통화까지도 조심해야 하는 예의의 장소임을 명심하자.

| 경마장 택시기사

마지막 같지만, 끝은 아닌 두 곳의 바다판, 즉 노가다와 택시에는 세 부류의 사람들이 존재한다. 근면하고 열심히 일하는 사람들로 아이들 잘 키워 내고 목돈까지 마련하여 다른 사업에 재도전해서 큰 성공을 움켜쥐는 부류이다. 두 번째는 성실하게 일해서 아이들 성공시키며 마지막까지 바다판에 머무르는 사람들이다. 두 부류 모두 모범적인 가장이자 바다판의 진정한 승자가 아닐 수 없다.

문제는 세 번째 부류로 쉬는 날도 아닌 일과 중에 차를 세워 놓고 경마장을 찾거나, 화투판에 손을 대고, 술독과 여자의 유혹에 빠져 끝내는 개인택시를 날리거나 택시회사에서도 쫓겨나 돌아올 수 없는 방황(彷徨)의 늪에 빠지는 사람들이다. 일에 충실한 사람들은 일당을 벌며 앞서가고 있는데, 자신은 돈 잃고, 일당 날리고, 몸 버려 다음 날까지 일에 지장을 주니 서너 배로 손해 보는 꼴이 되어 끝내 탕자(蕩子) 내지는 부랑아(浮浪兒)로 전락하고 만다.

그래서 예로부터 '술, 노름, 여자 셋 중 하나도 못 하면 바보요, 세 가지 모두 하는 사람은 잡놈'이라는 말이 전해 오는가 보다. 바다판 사람들은 바보도 되지 말고, 잡놈 소리도 듣지 않았으면 한다. 택시회사 근처라든지 개인택시 사무실을 들러보면 담배 연기 자욱한 좁은 공간에서 밤이 새는 줄도 모르고 도박에 젖어 있는 한량(閑良)들이 부지기수다.

끝자락에 서 있는 자신의 모습을 돌아보며 한 단계라도 올라서려는 각고(刻苦)의 노력(努力)을 해도 모자랄 판에 한눈을 판다는 것은 바다판에도 있을 자격(資格)이 없는 사람이다. 인생의 마지막 바다판에서도 이겨 내지 못해 패자로 남는다면, 다시 일어설 기회조차 상실하고 세상으로부터 외면(外面)을 받게 될 것이다.

택시와 노름은 상극(相剋)이다. 옛말에 '뜻대로 성취된 곳에 두 번 가지 말고 만족할 줄 알면 위태롭지 않다'고 했듯 한두 번 재미 봤다고 자주 들락거리면 자신도 모르게 노름꾼이 된다. 금분세수(金盆洗手)라 했듯 자신의 굳건한 의지만이 그 수렁에서 벗어날 수 있는 것이다.

택시회사엔 업무 외에는 길게 머무르지 마라. 휴게실과 노조사무실에 죽치다 보면 노름 조와 술 조 무리들과 어울리게 되어 있다. 선천적(先天的)으로 게으르고 자기통제(自己統制) 안 되는 사람들 곁에 있다 보면 자신도 모르게 그들과 같아지게 되어 있다.

| 건널목에서

　어릴 적 건널목에서 친구들과 신호 대기 중에 파란신호가 들어오지 않았는데 "야, 가자!" 하면 넋 놓고 있던 친구가 무심코 도로로 나가다 경(黥)을 칠 정도로 짓궂은 장난의 기억들이 있을 것이다.

　그때 달려오는 차에 치일 뻔했던 아찔했던 순간들을 돌아보면 지금도 소름이 돋을 정도이다. 그러나 신성해야 할 건널목에서의 이런 장난은 참으로 위험천만한 것으로 지양(止揚)해야 할 악습이 아닐 수 없다.

　건널목에서는 파란 신호가 들어와 건너려 할 때도 좌우로 달려오는 차는 없는지 확인하고 조심스레 가는 것이 건널목에 대한 예의(禮儀)이다. 어르신의 무거운 짐은 들어 드리고, 다리가 불편해 걸음이 느린 할머니, 할아버지가 계실 때는 손을 들어 함께 모시고 건너야 하는 곳, 배려(配慮)와 아름다움이 넘쳐야 하는 곳이 건널목이다.

마찬가지로 신호등 없는 건널목이나 주택가 교차로에서 늘 일시 정지하여 아이들의 돌발행동에 대비하는 것처럼, 신호등이 있는 건널목에서도 주위 상황을 면밀하게 주시하는 습관을 갖는 것이 건널목에 대한 운전자의 도리(道理)이다.

　사람은 우선, 차는 차선이다. 차는 차선을 잘 지키고 사람이 먼저인 도로야말로 선진 교통문화의 길이다. 큰길에서 운전 중 잠시 다른 생각을 하다 전방에 건널목이 있는 것도 모르고 지나친 경험들이 있을 것이다. 물론, 빨간불인지 파란불이었는지도 전혀 알지 못하고 신호등 존재 자체도 인지하지 못한 경우를 말하는 것이다. 이 아찔한 순간에 나의 아이들이 그곳에 있었다면 어떠했겠는가.

　더 무서운 경우는 졸음운전하는 차이다. 파란 신호라 건너는데 건널목 자체를 인식하지 못한 채 달려오는 자동차를 상상해 보라. 누구나 큰 사고는 나를 비켜 가리라 믿지만 나도 그 주인공이 될 수 있다는 것을 각인(刻印)하자. 그렇기에, 다시 한번 당부한다. 내 신호라고 무심코 나가지 말자. 건널목 파란불이 들어와도 좌우를 세밀히 살펴 한눈팔고 오는 차, 졸면서 달려드는 차는 없는지를 정확히 확인하고 건너는 습관을 들이도록 하자. 법적인 잘잘못을 떠나 사람이 차와 충돌하면 다치거나 죽는 것은 사람이다.

차와 사람 모두 조심해서 건널목이 흐뭇한 미소 짓고, 건너는 사람이 웃으며 즐거워하는 모습을 상상해 보라. 그 자체만으로도 미래의 아이들은 행복해질 것이다.

| 택시 복장

사람은 옷을 어떻게 입느냐에 따라 그 사람의 품위(品位)와 인격(人格)을 알 수 있고, 옷에 따라 그 사람의 행동(行動)까지 달라지기 마련이다.

서두에 살펴보았듯 택시는 인류가 만들어 놓은 최상의 서비스업이라 했다. 그렇다면 그에 걸맞게 옷을 입고 일하는 것이 예의일 것이다. 내가 편하다고 집에서 입던 옷 그대로 나온다거나 추리닝 차림으로 운전석에 앉아 일하는 것은 본인에게도 손님에게도 득(得)이 되는 것은 없을 것이다.

요즘도 모범택시 기사님들의 복장에서 보듯, 그 단정함에서 나오는 품격(品格) 때문에 서로가 예를 갖추다 보니 일반 택시와 달리 잡다한 사연들로 실랑이를 벌이는 일의 확률이 낮은 것으로 보고되고 있다.

정장에 넥타이는 아닐지라도 회사 또는 지역별로 요즘 추세에 맞는 디자인과 색으로 단일하게 갖춰 입고 일한다면 기사는 높은 책임감과 의무감에 고무돼서 일할 수 있을 것이다. 물론, 손님은 그 제복에서 풍기는 기(氣)에 매료되어 다정다감할 수밖에 없게 되고 택시 문화 선진화의 정착과 우리 사회 전반을 밝히는 데 미치는 긍정적 요소들이 상당(相當)할 것이다. 가끔 군인과 경찰의 복장에서 멋있다는 느낌을 넘어 위압감(威壓感)까지 들었던 기억들이 있었을 것이다. 그것이 바로 제복(制服)이 주는 기(氣)이자 힘이라는 것을 알 수 있다.

그 힘을 택시 기사님들에게도 실어 주자는 것이다. 그 결과 친절하고 상냥한 기사에게 돌아오는 손님의 미소 때문에 택시 안은 밝은 빛으로 가득 차게 될 것이다. 택시회사와 개인택시 조합은 이 과업(課業)의 실현에 머리를 맞대고, 정부에서도 지원(支援)을 아끼지 않았으면 한다. 택시는 시민의 발이자, 관광선진국의 얼굴이기 때문이다.

택시 복장을 갖추는 데 있어 한 가지 부언(附言)하자면 장갑을 꼭 착용하고 핸들을 잡으라는 것이다. 개인택시는 물론이고 회사택시 기사들에게 꼭 당부하고자 한다. 회사택시는 여러 사람이 교대로 운전을 하는 관계로 핸들에 묻어 있는 다양한 세균들에 노출되어 그로 인한 손바닥 피부질환으로 장기간 고초를 겪는 것을 목격했기 때문이다.

그리고 택시 안에서 늘어나는 성추행 신고 사례에서 보듯 장갑을 끼고 일하게 되면 다양한 오해의 소지(素地)들을 미리 예방(豫防)하는 효과도 보게 될 것이다.

끝 신호와 첫 신호

자동차 사고는 크게 두 가지로 구분할 수 있다. 첫 번째 인적 피해는 없고 차량만 다치는 경미(輕微)한 사고를 말하는 것이고, 두 번째가 차는 물론 운전자에 동승자까지 크게 상처를 입어 장애를 얻거나 사망에 이르기까지 하는 대형사고(大型事故)이다.

대형사고도 중앙선 침범, 불법유턴, 졸음운전 등 다양한 경우가 있겠지만 가장 주의해야 할 때가 신호등이 있는 교차로에서다. 편도 2차로 이상 넓은 도로의 교차로에서 신호에 한번 걸리게 되면 길게는 3~4분을 기다려야 한다. 그러다 보니 그 시간을 벌겠다고 파란 신호가 빨강 신호가 되기 전 노랑 신호일 때 엑셀을 올려 급하게 빠져나가려는 차들을 왕왕(往往) 볼 수 있다. 이것이 바로 '끝 신호'이다. 운전자들은 이 끝 신호를 주의(注意)해야 한다.

반면, 빨강 신호에 걸려 대기 중 내가 가장 앞에 섰을 경우 '첫 신호'를 받게 된다. 이때 신호등 불빛만 믿고 서둘러 달려 나가는 운전자들이 종종(種種) 있는데, 신호등도 있는 교차로에서의 대형 사고는 바로 '첫 신호'와 '끝 신호'의 조우(朝雨)에서 발생한다.

파란불이 들어왔다는 자신감에 좌우 확인도 없이 황급히 첫 신호를 받으려는 순간, 상대는 끝 신호로 급히 통과하려 직진이나 좌회전으로 나에게 달려오고 있는 것이다. 상상만으로도 끔찍한 일이다. 차는 찌그러지고 올라타고 뒤집어지고, 차 안의 사람들은 팔다리가 부러지거나 심지어 현장에서 사망에 이르기도 한다. 이 모두가 '끝 신호'와 '첫 신호'란 놈들의 짓이다.

이때 두세 번째 서 있는 차는 좀 안전하다 할 수 있다. 그러나 방심하지 마라. 앞선 차가 출발한다고 무작정 따라가다 졸음운전을 하거나 신호를 무시하고 달려오는 차에 함께 봉변(逢變)을 당할 수 있으니 말이다. 운전이란 정말 무서운 것이다. 그래서 앞뒤는 물론 상하좌우에서 덤비는 놈들에 대한 경계심(警戒心)을 늦추지 말아야 한다. 사고 후에 마구니 탓을 한들 엄청난 피해의 결과물에 눈물과 한숨만 가득하게 될 것이니 나의 안전과 상대의 안전에 늘 예의주시(銳意注視)하라. 그것이 편함을 주는 자동차에 대한 예의(禮儀)임을 명심하라는 얘기다.

이를 증명하는 사례가 몇 해 전에 부천 상동 교차로에서 있었다. 대리 기사님들을 태워 나르던 픽업 승합차가 좌회전 끝 신호를 받으려다 직진하던 차와 충돌하면서 전복(顚覆)되어 사망자가 다수 나왔던 것이다.

교차로 대형 사고는 넓은 도로일수록, 특히 밤에 빈번하게 발생한다. 사고는 나와 멀리 있는 것 같지만, 늘 내 옆에 있는 것이다.

부득이 노랑 '끝 신호'에 통과할 수밖에 없을 때는 라이트와 비상등도 켜고, 경적(클랙슨)까지 울려 나를 알리도록 하자. 그러한 적극적인 자세 하나하나가 넋 놓고 나오는 '첫 신호'를 피해 갈 수 있기 때문이다.

차 고장과 사고 발생 시

택시를 운전하다 고장이 나거나 사고가 발생하면 처리를 하는 과정과 절차는 자가용 운전할 때와 대동소이(大同小異) 하다.

회사택시의 경우 차 쉬는 날에 타이어 공기압부터 소모부품 교체까지 회사에서 관리해 주기 때문에 크게 신경 쓸 것은 없다. 그래도 부제가 되면 타이어 공기압부터 엔진오일, 삐걱거리는 부품 등 점검이 필요한 사항들을 쪽지에 조목조목 적어 두고 퇴근하면 정비사들이 수월하게 일할 수 있으므로 꼭 실천하길 바란다.

마찬가지로 일과 도중 타이어 펑크부터 간단한 부품 교체 등은 그때그때 회사에 들러 수리 후 일하면 된다. 회사로부터 먼 거리에서 고장이 나면 회사 정비사들이 출동하여 정비하고, 상태가 심할 때는 견인업체에 위탁해 견인 조치하는 것을 원칙으로 하고 있다. 택시회사에서 관리해 준다 해도 펑크 난 타이어 교체 등은 본인들이 할 수 있을 정도로 숙지하는 것이 좋다. 만약 주위에 카센터가 있다면 그곳에서 빠르게 조치를 받고 업무에 복귀하는 것이 여러모로 유리하다. 물론, 얼마 되지 않는 가벼운 사안들을 회사에 청구하기보다는 스스로 해결하는 것이 관례(冠禮)다.

문제는 일과 중 차량의 심한 결함으로 일을 계속하지 못할 경우인데, 이때 회사에 예비 차가 있다면 그것으로 갈아타고 일하면 되지만 그마저도 여유가 없다면 그날의 일과는 그 상태에서 종료하는 것으로 보면 된다. 그날은 운수 없는 날, 다음 날 좋은 기운을 위해 충전(充電)의 시간을 가지라는 신호로 여기면 된다.

회사택시 운전 중 사고가 발생해도 기사가 금전적으로 부담해야 하는 것은 없다. 다만, 잦은 사고를 내는 경우라면 회사에서 눈치를 주기 전에 스스로 그만두는 것이 기본이다.

자가용 운전과 달리 택시는 출퇴근이나 주말에 잠깐만 운전하면 되는 일이 아니다. 손님이 있건 없건 낮이든 밤이든 쉴 틈 없이 달려야 하는 노동 강도 최고의 업이며, 빠른 운동신경으로 재치 넘치는 운전을 강하게 요구하는 직종(職種)이다. 그러니 여기에서 적성(適性)을 찾지 못했다면 또 하나의 '바다판'

건설현장의 노가다판 문을 두드려 보는 것도 좋을 듯하다.

회사에서 차마다 보험을 들고 있고, 사고 처리를 전담하는 담당자까지 있어 회사에 연락만 하면 처리되기는 한다. 다만, 택시의 특성상 잦은 사고율로 인해 보험료가 상당히 비싸며 할증률도 높은 것으로 알려져 있다. 그러기에 기사님들마다 조심하고 신중하게 일하는 것이 모든 구성원의 바람이 아닐까 한다.

반대로 개인택시의 경우는 세무서에서 개인사업자를 부여 받고 자기 사업을 하는 것이기에 차량 정비에서 사고 처리까 지 본인이 모든 것을 책임지고 처리해야 한다. 차 정비는 지역 마다 개인택시만 전담으로 하는 정비업체들이 있어 그곳을 이 용하는 것이 도움이 된다. 물론, 집에서 가까운 곳을 정해 두고 개인적으로 정비를 받는 분들도 다수 있다.

전자이든 후자이든 3~4일에 한 번씩 오는 부제 때는 청소 는 물론이고 철저한 차 정비를 하는 습관을 들이는 것이 소득 과 직결됨을 명심하기 바란다. 제때 정비했더라면 큰돈 들이

지 않았을 것을 게으름과 무지로 인해 근무 중 차 고장으로 수리비 더 들고, 일당 날리고 하는 악순환을 반복하지 말라는 것이다.

소개하기도 민망할 정도인, 한동네 사는 동료 기사는 차 실내외 청소에 무관심하기는 일등이며, 자신의 차가 도로에 멈춰 서야 견인차에 이끌려 정비공장에 갈 정도로 자가용 운전 때부터 아주 좋지 않은 습관으로 명성(名聲)이 자자(藉藉)한 후배이다. 개인택시를 구입한 후에도 그 버릇을 버리지 못해 큰 곤욕을 치르는 것을 왕왕 보게 되는데, 그때마다 가련하고 안쓰러움을 지울 수 없었다.

엔진오일 교환과, 라디에이터의 냉각수 체크하는 데 몇 만 원이면 될 것을 수백만 원을 날리고 수리 기간 내내 일 못 하는 버릇을 차계부(車計簿)를 적게 함으로써 다잡아 가고 있는 중이다.

마찬가지로 사고가 발생한 개인택시도 해당 기사가 무한책임으로 처리를 해야 하는 의무가 있다. 물론, 일반 보험회사처럼 개인택시공제조합에서 담당 직원들이 출동하여 처리를 해주지만 그것에 만족하면 절대로 안 된다. 사고가 나면 높아지는 보험할증료도 고민이지만 가해 사고일 경우 벌점까지 누적되어 벌점 누적으로 개인택시번호판까지 날릴 수 있으니 조심운전과 더불어 벌점 관리에 유념해야 한다.

음주 제로

대한민국 직장인이라면 어느 곳을 다니든 퇴근 후에 이뤄지는 술 문화 때문에 행복하기도 하고, 때로는 곤란(困難)을 호소하기까지 하곤 한다.

그 술자리 후 퇴근길 음주단속에 적발되어 고초를 겪는 것은 차치하더라도, 전날 마신 술로 인해 새벽 출근길 숙취(宿醉) 음주단속으로 면허 정지에 벌금까지 당하는 사람들을 종종 볼 수 있다. 숙취 단속에 적발되는 것은 1차로만 끝나면 되는 것을 2차, 3차로 이어지는 릴레이 음주문화 때문일 것이다. 이 같은 술 문화는 나름 경제에 긍정적 효과도 있을 수 있다. 그러니 두고 볼 일이라 치자.

그러나 택시를 업으로 하는 기사에게는 단 1도 허용돼서는 안 된다. '음주 제로' 문화 정착이 절박하게 요구되는 곳이 바로 택시판이라는 것을 명심해야 한다. 역시 노름처럼 택시와 술도 상극(相剋)이다.

생각해 보라. 아침 출근하려 택시에 올랐는데 술 냄새가 난다면 어찌 되겠는가. 어처구니없는 상황에 경찰에 바로 신고

할 수도 있고, 좋은 손님 만나 목적지로 가다 경찰의 음주단속에 걸려 치욕(恥辱)을 겪기도 할 것이다. 그래도 위처럼 신고나 단속으로 겪는 상황들은 곤혹도 치욕도 아니다. 오히려 그 정도의 수준에서 멈추게 했으니 운 좋은 상황이라 할 수 있다.

최악의 경우는 아침 숙취 운전으로 접촉사고 후 도주(逃走), 그리고 2차 사고까지 내는 경우이다. 동료로부터 들은 실제 사례를 짚어 본다.

남들보다 좀 이른 명예퇴직으로 진로를 고민하던 한 중년 남성은 회사택시 무사고 3년을 채우고 적지 않은 빚을 얻어 개인택시를 장만하게 된다. 부푼 가슴으로 그 어떤 기사보다 열심히 하여 빚도 갚으며 아이들 교육까지 책임을 지는 자랑스러운 가장이었다.

개인택시 3년 차로 안정감을 찾아가던 그에게 옛 학교 친구들 모임 연락이 왔다. 매번 근무일과 겹쳐 참석하지 못하던 터에 마침 그날은 휴무일이고 해서 친구들 얼굴을 보러 가기로 했다. 낙천적(樂天的)이고 외향적(外向的) 성격으로 술자리

분위기도 잘 띄우던 그였기에 택시의 무용담을 들려줄 때는 박수와 웃음소리 끊이질 않았고 무대의 주인공(主人公)이 된 듯했다. 평소 하던 대로 빈 병 탑 쌓기를 하며 1차에서는 건하게 맘껏 마실지라도 2차 노래방에서는 물과 음료수로 부족한 술을 달래 주면서 분위기맨 역할(役割)을 하는 그였다.

그날도 3차를 권유하는 친구들을 뿌리치고 다음 날 출근을 위해 귀가하여 흐트러지지 않는 자신에게 박수를 보내며 자정 즈음해서 잠들었다. 그리고 평소보다 한 시간 늦은 아침 여섯 시에 일어나 출근 손님을 모시러 나갔다. 근면하고 성실한 자신이었지만 그날은 그게 화근(禍根)이 될 줄 직감(直感)하지 못하고 있었다.

첫 손님께서 내리시며 전 손님이 술 드신 분이 승차했었냐며 차에서 술 냄새가 나는 것 같다고 말하면서도 대수롭지 않게 가시는 것이었다. 그러고 보니 차의 히터 열기와 함께 어제의 숙취가 남아 있는 것 같은 느낌이 있었으나 무시하고 계속 일을 했다.

한 시간쯤 지났을 무렵 변두리에 손님을 내려드리고 번화가 쪽으로 나오는 순간이었다. 한적한 곳이라 속도를 올리고 있을 즈음 쾅 소리에 놀라 뒤를 보니 옆 차의 앞 문짝을 치며 후사경까지 떨어져 나간 것이었다. 아뿔싸, 비몽사몽(非夢似夢) 깜빡 졸았는지 차선을 넘어 옆 차를 들이받은 것이었다. 상대 차는 정지한 것 같았으나 본인은 정차도 못 한 채 미끄러지고 있었다. 그대로 속도를 올려 그곳을 벗어나고자 했다. 무모하게도 뺑소니를 하는 그였다. 혼비백산(魂飛魄散) 머릿속은 어제의 술자리와 술 냄새가 난다는 첫 손님의 말만 맴돌 뿐 이성을 잃어 가고 있었고, 설상가상(雪上加霜), 전호후랑(前虎後狼)의 처지라고 해야 할까나 떨려 오는 심장을 달래며 시내를 진입하려는 순간 교차로 신호 대기 중인 앞차를 또 들이받고 말았다.

이제는 숨을 장소도 도망갈 곳도 없는 처지에 앞차 기사가 다가오더니 술 냄새가 난다며 음주 측정을 요구했다. 결국, 경찰 출동으로 면허 정지 수치가 나오고 일은 걷잡을 수 없이 커지고 있었다.

면허 취소 수치는 아닐지라도 음주와 뺑소니로 구속되어 개인택시번호판은 말소되어 날아가고 양쪽 피해차량 수리에 합의금(合意金)까지 준비하느라 집까지 팔아야 했다. 평소보다 서너 시간 더 자고 나오든가 술 냄새가 난다는 손님의 말을 듣고 좀 쉬었어야 했거늘, 한 푼이라도 더 벌겠다는 욕심(慾心)을 채우려다 경(黥)을 치고 만 것이다.

예로부터 적당한 술은 혈액순환을 도와 몸에 긍정적인 효과도 있는 것으로 전해지고 있다. 그러나 과음(過飲)을 한 경우에는 대중교통이나 대리운전을 이용하도록 하자. 다음 날 아침에도 운전석은 반드시 피하고 어쩔 수 없는 경우에는 평소보다 좀 더 쉬었다 출근하는 습관을 들이자는 것이다.

음주운전, 그것은 잠재적 살인행위(殺人行爲)일 뿐 아니라 행복한 한 가정의 웃음을 지워 버릴 수 있는 전쟁(戰爭)과 같은 결과를 낳을 수 있는 큰 죄(罪)이다.

운동 및 건강관리

우리 몸은 먹은 만큼 움직여야 하는 구조이다. 원시(原始) 수렵(狩獵)시기나 농경사회 때는 누구나 몸을 움직이지 않고 서는 살아갈 수 없었다.

그러나 산업화와 분업화의 영향으로 몸놀림은 적어지고 운동량은 감소됨과 동시에 채소보다는 육류 섭취를 많이 하게 되면서 비만과 당뇨, 피부질환 같은 많은 부작용을 초래하고 있는 것이 현실이다. 이처럼 운동 부족으로 건강을 잃기 쉬운 직업군이 바로 자동차 운전이며, 그중에서도 좁은 공간에서 밤낮 가리지 않고 장시간 운전에 시달려야 하는 택시기사들이 가장 큰 위험에 노출돼 있는 것이 사실이다.

그만큼 쉬는 날에는 운동으로 몸을 단련해야 그 기(氣)로 일을 수월하게 할 수 있다. 달리기나 등산처럼 개인적인 운동을 하기도 하지만 택시회사나 개인택시별로 축구, 족구, 배구, 야구, 배드민턴, 테니스, 산악회 등 각종 동호회들이 잘 조성되어 있으므로 그 팀에 속해 함께하는 것도 여러모로 도움이 된다.

필자 역시도 초등학교 시절 배구 선수로 뛰었던 경험을 바탕으로 배구 동호회에 소속되어 몸을 단련하곤 했다. 택시를 그만둔 지금까지도 가끔 그 운동장에 나가 함께 운동하며 연(緣)을 이어 오고 있다.

운전을 직업으로 하는 사람이건 아니건 간에 운동만큼은 게을리하지 말아야 한다. 먹은 만큼 움직이자. 체력이 국력이고 가정의 행복이다.

택시 준공영제

2013년 1월 1일 국회 본회의에서 '택시법'(대중교통 육성 및 이용 촉진법 개정안)이 여야(與野) 합의(合意)로 통과(通過)되었다. '택시법' 통과로 택시도 대중교통으로 인정되어 버스와 철도에만 제공되던 각종 재정 혜택인 유가보조금 지원과 부가가치세 감면, 취득세 감면, 영업 손실 보전, 통행료 인하와 소득공제 등을 받을 수 있는 듯 보였다. 그러나 이명박 정부의 거부권 행사로 오늘까지도 방치(放置)되고 있는 실정이다.

　　정부는 늘어나는 재정 지출을 감당하기 어렵다는 입장이었고, 버스 업계의 반발과 불친절과 승차 거부를 일삼는 택시에 시민 세금을 들여 대중교통화하는 것에 반대하는 일부 시민들의 의견이 수렴(收斂)된 결과였다.

　　사실, 수송 분담률이 버스 31%, 지하철 23%인 현실에서 택시는 9%밖에 되지 않는다. 그러나 수치상 미약해 보이지만 택시의 비중(比重)을 절대로 간과(看過)해서는 안 될 일이다. 택시는 분명 버스와 지하철, 비행기와 선박들이 감당(堪當)하지 못하는 틈새를 채워 주고 있는 동반교통(同伴交通) 수단(手段)이지 양아치 교통 집단이 아니다.

일부 일탈 기사의 불친절(不親切)과 몰지각(沒知覺)을 선량(善良)한 다수 기사에게 전가(轉嫁)해서는 안 될 일이다.

생각해 보라. 늦잠으로 지각하는 학생과 회사원, 신혼부부를 태우고 관광지 곳곳을 안내하고, 다급해하는 임산부를 병원에 모셔드리고, 터미널에서 시장에서 장바구니를 실어 모시고, 버스도 지하철도 끊긴 엄동설한(嚴冬雪寒)에 떨고 있는 취객을 집으로 모시는 일 모두 택시 기사가 없다면 누가 하겠는가. 집집마다의 가장들이 책임지고 담당(擔當)해야 할 일들이 분명하다. 그만큼 소중(所重)하고 무거운 일들을 대신해 주고 있는 사람들이 택시 기사인 것이다.

문제는 택시 일을 열심히 해도 벌이가 안 된다는 데 있다. 본인의 체면 유지는 물론 한 가정의 경제가 돌아가야 하는데 땀이 나게 뛰어도 삐걱거리기 일쑤다. 그러니 조금이라도 돈 되는 쪽으로 가 보려고 승차 거부를 하게 되는 슬픈 악순환의 연속(連續)인 것이다.

택시가 '3D 업종'이 된 지 오래다. 회사마다 부족한 기사 구하기에 여념이 없고, 차고지마다 놀고 있는 차들로 골머리다. 사납금을 조정해 보고, 전액입금제, 완전월급제 등 온갖 수단과 방법을 동원해 본들 도로 아미타불이다. 어디서 단추가 잘못 꿰였거나 구조적(構造的) 문제(問題)가 존재(存在)하는 것이 분명하다.

회사는 고정비용(固定費用)과 고유가(高油價) 때문에, 기사는 발 벗고 뛰어도 십 년 전 수입과 다르지 않고, 오히려 아내의 푸념만 늘고 있다. 개인택시 역시 별반 나을 게 없다. 비싸게 준 차량 감가상각과 수리비, 달릴수록 더 들어가는 유류비까지 차포 떼고 나면 집에서 쫓겨나기 딱 일 보 직전이다. 이러다 다 죽는다.

관할 부서는 한술 더 떠서 요금 좀 올리자면 쌍심지를 켜고 반대하고 나온다. 대중교통이 아니라 지원은 할 수 없다면서 요금 규제에는 선수다. 이런 어불성설(語不成說)이 또 있을까 싶다.

대한민국 택시 요금은 대부분 선진국의 절반 수준에 머무르고 있다. 이제 요금의 현실화와 과잉 공급된 택시차량 조절, 콜택시의 저변 확대, 서비스의 질 개선, 근로지원금 확대로 일한 만큼 지원을 더 해 주는 등 '택시법' 재조정으로 다시 살아나는 택시판을 만들어야 한다.

노선 싸움과 시간에 쫓겨 난폭운전을 일삼던 버스 업계도 준공영제를 시행함으로써 제자리를 찾아가고 있다. 이제 택시도 '택시 준공영제(準公營制)' 도입을 위해 정부, 지자체, 회사, 노조 모두 나설 때가 되지 않았나 싶다.

그래서 깨끗하고 단정한 복장과 친절함으로 무장한 기사들이 웃으며 여유롭게 일해도 화목한 가정을 만들 수 있어 떠났던 기사들이 다시 돌아오는 아름다운 일터로 만들어 보자.

갈무리

지구 여덟 바퀴 반을 돌아 9년이라는 시간을 달려 좁아 보이지만 세상보다 넓은 택시 운전석의 기억(記憶)들을 담아 밖으로 내놓으려니 볼이 빨개져 오는 느낌이다. 그래도 용기(勇氣)를 내 본다.

택시를 굳이 3차 서비스 산업이라 분류할 수 있겠지만, 일하다 보면 실제 느끼는 강도(强度)는 노동(勞動) 집약형(集約形)인 1차 산업보다 높다는 것을 체험(體驗)하게 될 것이다.

손님 편의에 무한 신경을 써야 하고 교통사고, 경쟁하는 택시, 신호 위반, 과속 단속, 차 고장 등 손과 발, 눈과 귀 잠시 잠깐 방심(放心)해서도 방심할 수도 없는 노동 강도 최고의 직업이 택시란 업이다.

그만큼 건강한 체력과 운동신경, 폭넓은 대면관계(對面關係)를 요구하는 분야이니 철저하고 치밀한 준비 후 도전하길 바란다.

손님의 꿈과 희망, 좌절(挫折)과 시련(試鍊) 그리고 슬픔까지도 싣고 가는 그 무게는 대형 트럭에 버금가리만큼 무겁다.

그래서 택시란 핸들을 잡는 시절만큼은 손님마다 욕구에 맞추어 진솔한 자세로 봉사할 줄 알아야 한다. 지각한 손님에게는 좀 더 빠르게 움직여 드리고, 술이 얼큰해 집 가기를 재촉하는 분에게는 그 번민(煩悶)과 고뇌(苦惱)까지도 함께 나누어 드리고, 여유(餘裕)를 찾으려는 손님에게는 함께 유유자적(悠悠自適)할 줄 아는 지혜(智慧)도 필요하다는 것이다.

앞서 언급했듯 택시 운전은 여타의 직업들과 다르게 직업 특유의 사명감이 절실히 요구된다는 것을 알 수 있다. 단순히 돈만 벌겠다는 자세보다 손님들이 원하는 요구들을 재치 있게 파악하고 신속하고 안전하게 목적지까지 내 가족처럼 모시겠다는 소명감 없이는 오래오래 택시 핸들을 잡을 수 없다.

택시는 지상 최고의 서비스 산업으로 자리매김하고 있다. 인생 성공의 기본이 간절함에 있듯, 친절 서비스 완성과 안전 운전에 대한 간절한 정신 무장을 장착하고 새벽길에 나서길 바란다.

신분도 귀천도 없는 것이 길 위의 꿈이다. 가 보지 않은 길은 알수 없듯, 어느 길이든 멈춤 없이 가야만 꿈은 보이게 마련이다.

따라서 먼 인생길을 준비하는 청춘(靑春)들에게 몇 개월이라도 택시의 길을 경험해 보라고 당부하고 싶다. 백 원씩 오르는 택시미터기 조랑말에서 자신이 무엇을, 어떻게 달려야 하는지를 보게 될 것이며, 바닥이 아닌 바다판에서의 짧은 경험이 삶에 큰 가늠자가 되고 좋은 밑천이 되리라 확신한다.

환갑(還甲)을 바라보는 필자 역시 삶에 어려움이 있을 때마다 힘겨웠던 택시 시절을 회상하며 고난들을 극복해 나가곤한다.

필자의 세 번째 이야기 '순이와 봉만이'를 기다리며….

2023년 1월 1일

글쓴이 무성산(茂盛山) 김병균(金炳均)